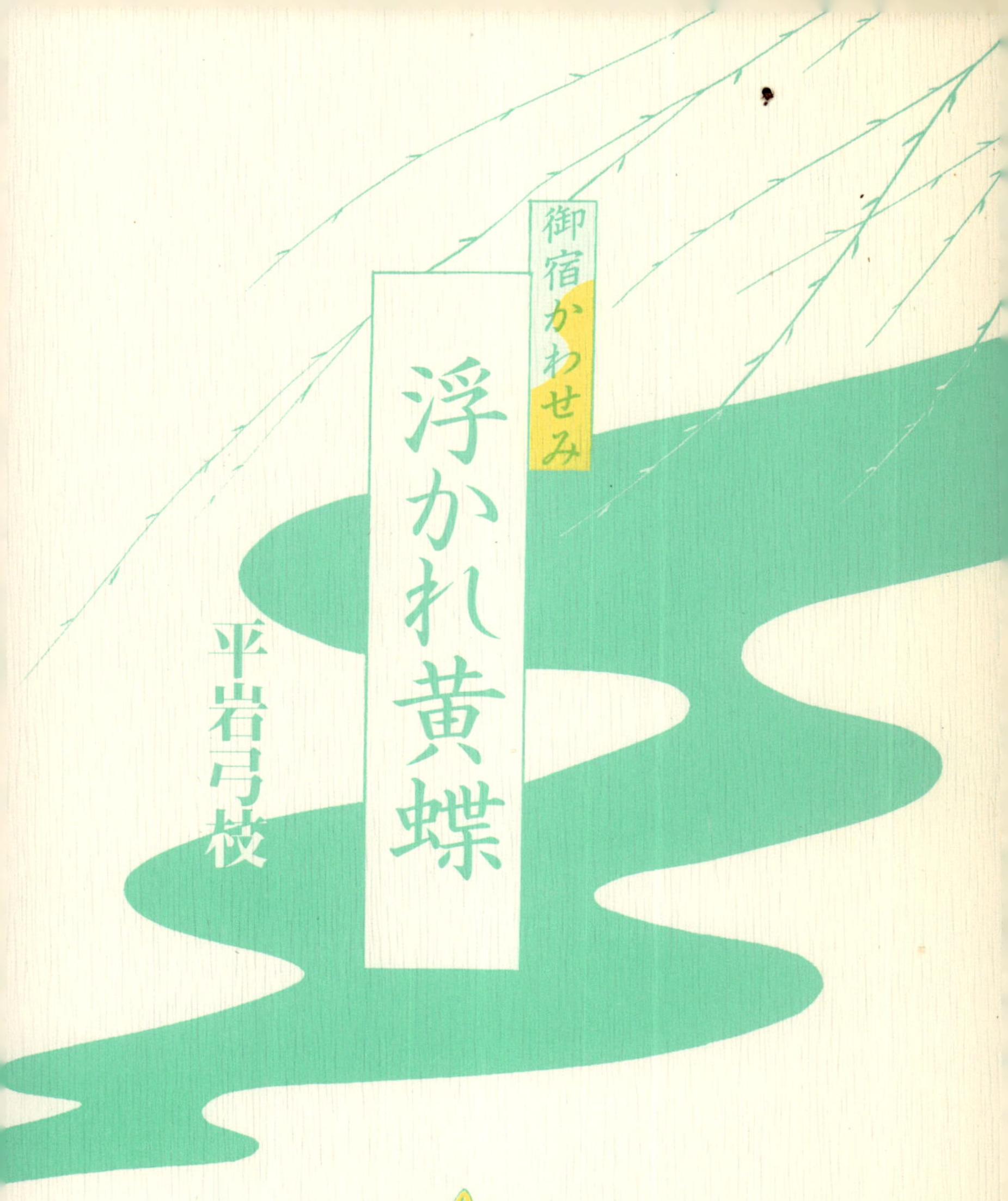

御宿かわせみ

# 浮かれ黄蝶

平岩弓枝

文藝春秋

目次

浮かれ黄蝶……5
捨てられた娘……39
清水屋の人々……94
猫と小判……126
わいわい天王の事件……156
二人伊三郎……192
さんさ時雨……228
公孫樹の黄ばむ頃……260

装丁　蓬田やすひろ
口絵

# 浮《う》かれ黄《き》蝶《ちよう》

御宿かわせみ

# 浮《う》かれ黄蝶《きちょう》

## 一

神林麻太郎《かみばやしあさたろう》がその娘を見たのは父の用事で本所の麻生源右衛門《あそうげんえもん》の屋敷へ行く途中であった。

麻生家は母の実家である。

父といい、母と書いたが、麻太郎にとっては養父母であった。が、何故か麻太郎は六歳で神林家へ入った時から、養子に来たという感じがしなかった。ごく自然に、新しい両親を父上、母上と呼び、家に馴染んだ。

八年が経った今は尚更である。

理由は、わからなかった。

三歳の時に歿《なくな》った、柳河藩国家老であったという実父の顔は全く憶えていないし、その後、実母が藩主の息女の京極家嫁入りに付き添って江戸へ戻り、続いて多度津へ行くなどして二年の中《うち》に三度も長旅をして居住が定まらなかったせいだろうか、そのあたりのことは霧のむこうの風景のように、ぼやけてしまっている。

ただ、六歳になっていたから、多度津から江戸へ帰る途中、品川の御殿山で横死した実母の顔は忘れていない筈であった。

麻太郎が困惑するのは、その実母の顔と、養母の顔がいつの間にか一つに重なってしまうことで、無理に一つを二つに分けようとすると、記憶が混乱し、頭の奥が痛み出して来る。で、この節は実母の魂が養母の中に入ったのだと思うようにしている。

考えるともなく、そうしたことを思いながら深川佐賀町の、大川に沿った道を歩いていた麻太郎は、自分を眺めている娘の視線に気がついて無意識に歩調をゆるめた。

麻太郎としては、娘が何か自分に用でもあるのかと思ったのだが、どうやら、そうではなかったらしく、別に顔を赤らめるでもなく、ちょっと首をすくめるようにして玄関の格子を開けて家の中に消えた。

僅かの間、麻太郎はあっけにとられて娘を見送り、それから思い直して歩き出した。

いったい、なんだったのかと不審であった。

今の若い女に見憶えはない。

麻生家へ着いて、父からことづかった酒の包を渡し、居間で茶菓子を御馳走になっていると、小太郎《こたろう》が泣きそうな顔をして入って来た。

「姉上が、凧《たこ》を、こんなにしてしまったのです」

その凧は、暮に麻太郎が作ってやったものであった。叔父に当る神林東吾《とうご》に教えられた通りに竹を削って、糸で四方を結び合せ、武者絵を張った立派なもので、出来上った際、小太郎と二人で小名木《おなぎ》川の岸辺で凧上げをした時は、気持よいほど風に乗って高く上ったのが、みるも無残な姿になっている。

「わたしが嫌だというのに、無理矢理、取り上げて……」

口惜しそうな小太郎の手から、麻太郎は凧を取って調べた。

花世《はなよ》は凧上げが下手なくせに、強引に一人でひっぱり廻して、なんとか高くとばそうとする癖がある。その結果、凧はさんざん地上をころげたあげく、糸が絡み合って手がつけられない状態になる。

小太郎の凧もその憂目に遭ったようで、土に汚れ、紙が破れて、さんざんの体《てい》たらくであったが、幸い骨は折れていなかった。

「大丈夫だ。紙を取り替えれば、元通りになるよ」

凧を持って庭へ下り、裏の井戸端へ行って破れた紙を丹念にはがした。

居間へ戻って来ると、小太郎が大きな紙を拡げていた。

「お祖父《じい》様が、この紙を使うようにと出して下さいました」

白紙である。

「何か、字を書くようにといわれました」

「それは、いいね」

「なんと書けばいいですか」

「小太郎君の好きな字にしたら……」

手拭で凧の骨組みを丁寧に拭いていると、小太郎は硯箱を開け、墨をすりながら真剣に考えている。やがて筆を取って、紙一杯に、

「花」

と書いた。麻太郎をふりむいて、

「これなら、姉上も乱暴に扱わないでしょう」

にこりと笑った。

「そうか。自分の名前が書いてあれば、うっかり破くことは出来ないな」

小太郎の智恵がわかって、麻太郎も笑いながら台所へ行き、糊にする御飯粒を少々もらって廊下を戻って来ると、障子のむこうで小太郎の母の七重《ななえ》がしきりに何かいっている声が聞えた。どうやら、花世が叱責されているらしい。

居間へ戻って、手早く凧に紙を張った。

「糊が乾くまで、そっとしておくのだよ」

何度も礼をいう小太郎に指示していると七重が顔を出した。

「まあ、こんなにきれいに張り替えて下さって……申しわけありませんでしたね、花世のおてんばが、いい年《とし》をして……」

麻太郎は慌てて手で制した。

「たいしたことではありませんでした。私はまだ用事がありますので、これでお暇《いとま》申します」

あたふたと立ち上った麻太郎を追って玄関へ出ながら、七重がしきりに花世を呼び、

「麻太郎さんがお帰りですよ、こちらへ出て来て、お詫びを申し上げなさい」

と声をかけたが、とうとう花世は姿をみせなかった。

麻太郎としては、別に花世に詫びてもらうつもりもないので、ひたすら、七重に挨拶をし、小太郎に、

「では、また」

と笑顔を残して、麻生家を逃げ出した。

その帰り道、佐賀町の例の家の前に、娘が立っているのを遥か手前から気がついた。

けれども、今度は歩調をゆるめることもなくずんずん通りすぎ、かなり行ってからそれとなくふりむいて見ると、娘はまだ家の前にいて、じっとこっちを眺めている。

なんとも奇妙な女だと思いながら、麻太郎は永代橋へ向って走って行った。

中一日おいて、麻太郎は親友の畝源太郎《うねげんたろう》と共に築地にある漢学の塾へ出かけた。

その帰り、高橋《たかばし》の所で軍艦操練所から退出して来た神林東吾に出会った。

「叔父上、今、お帰りですか」

いそいそと麻太郎が近づき、源太郎が、

「先生、お帰りなさい」

こちらも嬉しそうに頭を下げた。

「いい所で会ったな。旨いと評判の団子を買って来たんだ。ちょっと寄って食って行け」

誘われて、二人の少年は喜んで従った。

築地の軍艦操練所の近くに、新しく団子屋が出来て、そこの焼団子がえらく旨いという噂は聞いていたが、二人共、まだ食べたことがなかった。

麻太郎は、この叔父が侍に似ず、平気で菓子屋へ入って饅頭だの団子だのを買うのをよく知っていた。そして、それは自分が食べたいというよりも、兄夫婦や「かわせみ」の家族と、家族同様の人々を喜ばせたいためであるのもいつの間にかわかっていた。

そんな叔父が、麻太郎は大好きであった。

「かわせみ」では、まず、老番頭の嘉助《かすけ》が二人の少年を伴って帰って来た主人を相好を崩して出迎え、すぐに台所から女中頭のお吉《きち》がころがるような恰好でとび出して来る。

「麻太郎兄さま、源太郎さん、ようこそ、おいで下さいました」

おしゃまな口調で、叔父の娘の千春《ちはる》が暖簾口《のれんぐち》を走り出ると、続いて叔母に当るるいが、しっとりとした笑顔をみせ、

「お帰り遊ばせ。まあ、お二人とはどちらでお会いになりましたの」

東吾の渡す大刀を袂に抱いて、いそいそと居間へ行く。

「かわせみ」のこうした情景が、麻太郎は胸が熱くなるほど好ましかった。八丁堀の神林家も町奉行所の与力の屋敷にしては固苦しい所がないが、「かわせみ」は更にざっくばらんであった。

「お団子、買っていらっしゃいましたの。まあ、嬉しい」

と、るいが娘よりも先に手を叩き、すぐに長火鉢の傍へ行って茶の仕度を始めると、東吾が自ら包を開いて、

「旨そうだろう。お吉、早く来いよ。嘉助も呼べよ」

と陽気にさわぐ。

麻太郎も源太郎も、千春と並んで遠慮なく串団子を摑んで、思いきり大きな口を開けてかぶりつくのであった。

「そういえば、昨日、本所の宗太郎《そうたろう》の所へ行ったら、花世の奴がまた小太郎の凧を台なしにしたんだと、あそこのお袋さんが口をとがらせて怒っていたよ。早い娘なら、ぼつぼつ嫁に行こうという年だというのに、弟の凧をふり廻してぶっこわすとは何事だとね。おまけに麻太郎さんに迷惑をかけたのだからあやまれといっているのに、雪達磨みてえにぶっ座り込んで、梃《てこ》でも動かねえ。いったい、誰に似て、ああ強情なんだろうとさ」

たて続けに串団子を二本片付けて茶を飲みながら東吾がいい、お吉が目を細くした。

「花世嬢さまは相変らずお元気で……今年はおいくつになられましたかねえ」

「あちらはお生れになったのが大晦日で、たしか、麻太郎様も同い年でございましたね」

と訊いたのはるいで、麻太郎は、

「私は十月八日です」

神妙に答えた。

「それじゃ、十四歳でございましょう、まだまだ早ようございますよ。おめでたいことには違い

ございませんが、あんまり早いのもおかわいそうで……」

「お吉はいくつで嫁入りしたんだ」

なんとなく東吾が話題を変えるつもりでいい、お吉が大きく手を振った。

「いやでございますよ。古いことを……」

「お吉はたしか十五、六じゃなかったかしらね」

るいが感慨深げに続け、お吉が更に両手をふり廻した。

「私は男運がございませんで……。いくら早く嫁入りしても、あっという間に出戻ったんでございますから話になりませんです」

「お吉にはかわいそうなことでしたけど、あたしはお吉がずっと傍にいてくれるおかげでどれほど助かったか……」

しみじみとるいが述懐して、お吉は涙ぐんだ。

「御新造様にそうおっしゃって頂いて、嫁に行くより何十倍も幸せでございますよ」

あっという間に串だけになった団子の皿を片付けて居間を出て行った。

「かわせみ」から八丁堀の組屋敷へ帰る道で、それまで黙々と歩いていた源太郎が、日頃の彼らしくない屈託した口調でいい出した。

「本所の……麻生家の花世さんに縁談でもあるのですかね」

だしぬけであったから、麻太郎は絶句し、つい笑い出した。

「そんな話は聞いていないが、まず、無理だろう」

弟の爪を、一人で上げようとしてひきずり廻し、びりびりにしてしまったような娘が嫁に行ったら、どうなるかと麻太郎がいい、源太郎が表情を崩した。

「しかし、お吉さんは十五、六で嫁入りしたそうですから……」

「人によりけりだよ。いくつで嫁に行かなければならないということはない」

「それはそうです」

神林家の前へ来て、麻太郎と源太郎はいつものように軽く手を上げて別れた。

源太郎は心配になったのだろうと麻太郎は考えていた。

近頃は流石《さすが》に一緒になって棒切れをふり上げ、剣術ごっこなぞということはしなくなったが、つい、この間までは男女の別なくかくれんぼだ、鬼ごっこだと遊んでいたから、花世のおてんばぶりは源太郎もよく知っている。

律義な性格だけに、あんなで嫁入りしたらと途方に暮れたに違いないと思い、麻太郎は可笑《おか》しくなった。同時に、その気持のどこかに、ちらとだが、源太郎は花世が好きなのではないかと思うものが見えがくれした。

お人好しの源太郎が、あのおてんばをもし嫁にもらったら、さぞ、きりきり舞をさせられるであろうと思い、麻太郎は我が屋敷へ笑いながらかけ込んで行った。

## 二

翌日、午餉《ひるげ》をすませてから、麻太郎は源太郎と待ち合せて、本所の麻生家へ向った。

月に五日、日を決めて麻生家には当主の宗太郎の友人で英国の言語に堪能な男がやって来る。当人の仕事はもっぱら英国の書籍を日本語に翻訳するのだが、それだけでは食べて行けないので、宗太郎が頼んで麻生家に出張しての学習塾をやることになった。

最初は宗太郎や、誘われて東吾が語学を習っていたが、二人共、本業が多忙になると欠席しがちになって、今は老いても向学心旺盛な隠居の麻生源右衛門とその孫の花世に小太郎、そして麻太郎と源太郎が熱心な生徒になっている。

いつものことで、二人の少年は道々、英国の言葉で喋ってみたり、目に入るさまざまのものを英語でいったりしながら大川沿いの道を歩いていたのだが、麻太郎はやはり、この前、若い女が立っていた家が気になった。

もっとも、今日は娘の姿はなく、家のなかからは三味線の音と女の声で歌うのが聞えている。で、源太郎に英語で、あの音楽はなんというのか知っているか、と訊《き》いてみると、やはり英語で、新内節ですと答えた。

「しんないぶし……」

「そうです。新しい内、内は福は内の内ですね。あの家の亭主は新内語りで女房が三味線を弾く。よく寄席に出ていると長助《ちょうすけ》がいっていましたよ」

「芸人か」

少し遠くなった家を歩きながらふりむいて眺めた。

「今の声は女だったが……」

「若い声だから、娘でしょう。あの家には娘とじいさん、ばあさん、それに小女をおいているそうですから……」

「よく知っているな」

「長助が父に話しているのを傍で聞いていたのです。町役人《ちょうやくにん》から何かいって来たらしくて……」

「何かあったのか」

「若い男が集って、よく大さわぎをしているというようなことらしいのですが、長助が鶴賀喜久大夫《つるがきくだゆう》……新内節をやっているあの家の亭主ですが……に訊いてみると、新内を教えてくれとやって来る者がけっこういるそうで、寄席が忙しいので今のところ断りをいって帰ってもらっているのだとか」

「そんなことじゃ仕方がないな」

「長助は面倒みがよいので、町内の者はつまらないことでも、なんとかしてくれといって来るようですよ」

麻生家の門が目の前に見えて来て、二人は勤勉な生徒の顔に戻った。

一刻余りの学習が終って、帰りに源太郎は蔵前へ寄る用事があるという。

蔵前の札差、江原屋は源太郎の母の実家であった。

麻生家を出て、六間堀を渡り、幕府の御籾蔵《もみぐら》の脇を通ると目の前が新大橋で、源太郎は橋を渡って行き、麻太郎のほうは大川沿いの道を行く。

よく晴れた一日で、川面を渡る風はもう暖かい。向島の桜が咲くにはまだ早いが、大川を行く屋根舟の中には、障子を取り払ってしまっているのも少くない。

習ったばかりの外国の言葉を口の中で繰り返しながら歩いて来て、麻太郎ははっとした。

例の家、源太郎がいったところの鶴賀喜久大夫という新内語りの家の前に娘が出て来て、こっちをみつめている。

うっかり視線を合せてしまって、麻太郎は動揺した。娘が丁寧に会釈をして、

「今、お帰りですか」

と声をかけて来たからである。咄嗟《とっさ》に、

「はあ」

と返事が出て、足が止った。

娘は愛敬よく麻太郎を見て、

「よく、この道をお通りになりますね」

柔らかな微笑を口許に浮べた。娘を無視して行けなかったのは、源太郎からこの家のことを聞き、娘の素性を知っているという安心感のせいだろうか。

「小名木川の近くに、親類の屋敷があるのです」

「いつも、お使かなんぞで……」

といったのは、この前、麻太郎が酒の包を提げていたのを見たせいらしい。

「それもありますが、今日は学習です」

娘が小首をかしげた。その恰好がひどく愛くるしい。

学習という言葉がわからなかったのかと思い、つけ加えた。

「要するに、稽古です」

「剣術《やっとう》のお稽古ですか」

「いや、学問です」

「月に何度もいらっしゃるのですか」

はずみで、麻太郎は五の日と十日と二十日だと答えてしまった。

「それは、大変でございますね」

娘がうっとりと自分を見上げたように思えて、麻太郎は慌ててお辞儀をした。

「では、御免」

早足で歩いて永代橋を渡ってから、汗を拭いた。見知らぬ若い女と口をきいたのが、なんとも恥かしい。けれども、気分は悪くなかった。花世や千春と話している時とは違った華やぎのようなものが心に残っている。

神林家の門を入る時、麻太郎は自分が上気しているのに気がついた。

鶴賀喜久大夫の娘と立ち話をしたことを、麻太郎は親友である源太郎に話しそびれた。

養父母にもいわなかった。

とりたてて、どうというほどのものではないと考えていた。通りすがりに挨拶をした程度で、似たような例はこれまでにもあった。

ただ、相手が見知らぬ若い女でなかっただけである。

あの娘はいくつぐらいだろうと思った。

髪の形や着ているものの感じでは小娘に違いない。口のきき方が大人びていたのは、芸人の娘のせいだろう。

自分と同い年か、二つ三つ年上か。

今度、あの家の前を通りかかったら、また会えるのだろうか。会ったら自分はどうしたらよいのか、黙って会釈をして通りすぎるのか。むこうが話しかけて来たら、足を止めて返事をするべきなのか。

そんなことを、あれこれ考えるのは満更、楽しくないわけでもない。

といって、麻太郎の心がすべてあの娘に捕われているのではなかった。

学問をしている時も、剣術の稽古の最中も麻太郎は全力を上げ、全神経を集中させていた。両親と話をしている場合も、上の空になることはない。

ただ、一人になった時、ふっとあの娘について考えてみるのは、心がくつろぐようで快かった。

そして、五の日が来た。

江戸は前夜から急に気温が下って、ぼつぼつ花だよりを聞こうというのに、雨が雪に変った。

八丁堀の神林家の庭も、すでに花の散った梅の枝がすっかり雪化粧している。

「今日は麻太郎が本所へうかがう日なのに、なんというお天気でしょう」

母の香苗《かなえ》が悲しそうにいい、出仕して行く父の通之進《みちのしん》は、

「雪道ですべらぬように、気をつけて参れよ」

と麻太郎に注意をした。

午を過ぎて、雪は小降りになったが、やんではいなかった。

「寒くはありませんか。むこうへ着いたら、濡れた足袋《たび》を履き替えるのを忘れずに……」

余分の足袋まで持たせられて、麻太郎は屋敷を出た。

今日は往きが一人であった。

源太郎は蔵前の江原屋へ昨日から出かけていて、今日は学習の始まる時刻までに麻生家へ来る筈になっている。

深川佐賀町の通りは雪が薄く積っていたが歩きにくいほどではなかった。春の雪は積るそばから溶けて行く。

鶴賀喜久大夫の家の前には誰もいなかった。

この空模様では当然のことであろう。

いつも磨き込まれている戸格子には吹き寄せられた雪がこびりついて如何にも寒々しく見えた。

麻生家には、先に源太郎が着いていた。

「番頭が風邪をこじらせてしまって、年齢《とし》が年齢ですから、母が心配しましてね。わたしがむこうへ来ていると安心するというものですから、今日も蔵前へ泊ることにしました」

という。

学習が終った時には、雪はやんでいた。

花世はいつもと変らず、弟の発音がおかしいといっては大声で正しい発音というのをやってみ

せていたが、先生から、

「花世さんの発音は間違っている。まだしも、小太郎君のほうが正確に近い」

と叱られて、ぐしゃんとなった。

そんな花世を横目にみて、麻太郎は帰りを急ぐ源太郎につき合って、いつもよりも早く帰り仕度をした。

この前と同じく新大橋の袂で西と南に別れて小名木川に架る万年橋を麻太郎が渡って行くと、前方で女が何か叫ぶのが聞えた。続いて、まだ十二、三歳と思われる男の子が麻太郎のほうへ走って来ると、脇をすり抜け滅多矢鱈《めったやたら》に逃げて行く。

声を上げた女のほうは茫然と立ちすくんでいたが、足をひきずるようにしてこっちへやって来る。

鶴賀喜久大夫の娘だと気がついて麻太郎は駆け寄った。

「どうした」

「泥棒、今の子があたしの荷物をひったくって……」

「なんだと……」

娘に背をむけて麻太郎は走った。

万年橋を渡ると、御籾蔵の脇の道へとび込んで行くひったくりの子の姿がみえた。

道はまっすぐ行くと六間堀に突き当る。ひったくりは体を丸くして森下町のほうへ逃げていた。

麻太郎は高下駄を脱ぎ捨てた。

ひたすら追いかけて、六間堀が五間堀につながる所の橋を渡る。

目ざす相手は寺の中へ走り込んでいた。

万徳山弥勒寺と石柱に刻まれていたが、麻太郎の目には入らなかった。

追いつめられたと知ったのか、いきなり相手は風呂敷包を放り投げた。そのまま、寺の裏側へ廻って行く。

風呂敷包を拾って尚も追ったが、寺の裏は黒鍬組《くろくわぐみ》の屋敷がごちゃごちゃとかたまっていて、相手がどっちへ行ったのか、全く見通せない。

やむなく、麻太郎は寺の境内へ戻って来た。

山門のところに、娘が突っ立っていて、麻太郎をみるといきなりすがりついて来た。

「すまないが、盗っ人は取り逃がしてしまった。これは、あなたがひったくられたものだと思うが……」

娘の体を押し戻すようにして風呂敷包をさし出すと、娘は片手に麻太郎の脱ぎ捨てた高下駄を持っている。

高下駄を取り上げて、その手に風呂敷包を渡した。手早く汚れた足袋を脱ぎ、高下駄を履く。

「ありがとうございました」

待っていたように、再び、娘がすがりついた。

「このお金、姉さんからあずかって来たんです。お父つぁんとおっ母さんの新しい着物を作るようにと。寄席に出るのに、あんまり古い着物じゃみっともないから……」

「あなたに姉さんがいるのか」

その話は源太郎から聞いていなかった。

「お恥かしいんですけど、芸者をしています。深川仲町で菊丸って名前です」

気がついたように頭を下げた。

「あたし、お蝶と申します」

なんとなく並んで寺を出た。

あたりはいつの間にか夕暮れて来ている。

「このお金を盗られたら、あたし、姉さんに顔むけが出来ないところでした。姉さんが苦労して用立ててくれたお金だったのに……本当になんとお礼を申してよいかわかりません」

六間堀のほうに歩きながら、お蝶が繰り返し、袖口を目にあてている。

「礼はいいんだ」

ひったくりを摑まえられなかったことで、麻太郎は娘に負い目を感じていた。

「家へ帰るなら、送って行くが……」

どっちみち、麻太郎には帰る道筋であった。

お蝶はいそいそとついて来る。

六間堀沿いの道をなんとなく御籾蔵の前を通り越し、小名木川へ突き当る所まで来て、麻太郎は少々、困った。堀の向う側が麻生家の屋敷であった。お蝶はぴったり麻太郎に寄り添ってうつむきがちに歩いている。

別にやましいことは何もないが、こんな所をもし、麻生家の人に見られると恰好がつかない。まあ、その時は事情を説明すればわかってもらえると思うものの、落着かなかった。

お蝶の足取りは雪どけ道ということもあってひどく遅い。

小名木川沿いの道へ出て万年橋へたどりついた。右手に大川が広がって見える。

その道を仙台堀まで行って上《かみ》ノ橋を渡ると右側も町屋になって、お蝶の家はすぐであった。

今時分には珍しい寒さのおかげで人通りはまるでない。

なんとか、お蝶の家に近づいた。

「あの……ちょっと、お寄り下さいませんか」

思い切ったように、お蝶がいい出した。

「せめて、熱いお茶でも……家には誰も居りません。両親は寄席に出ていますし、じいちゃん、ばあちゃんは今日、芝居を見に出かけていますから……」

「そんな気は遣わなくてよいのだ。それより早く家へ入りなさい」

お蝶が麻太郎の袂を摑んだ。

「お願いです。ちょっとだけでいいんです。さっきの奴が、もし、家まで押しかけて来るんじゃないかと思うと、恐ろしくて……」

成程と、麻太郎は合点した。そんなことを心配していたのかと不愍《ふびん》な気がする。

「まさか、ここまでやって来るとは思わないが……」

何気なく来た道をふり返って、麻太郎はあっけに取られた。道に花世が立っていた。

大川からの風に吹きさらされて寒雀《かんすずめ》のような顔をしてこっちを睨んでいる。

「花世さん、どこへ行くんだ」

花世は麻太郎の問いを無視した。

「この人は誰ですか」

お蝶と麻太郎を見くらべるようにする。

「この人は……ここの家の娘さんだ。たまたま、ひったくりに遭った所へ通り合せたものだから……追いかけて行って取り返した」

お蝶がしなを作ってお辞儀をした。

「おかげさまで、お金を奪われずにすみました。なんとお礼を申し上げてよいか」

熱っぽい目で見上げられて、麻太郎は当惑した。

「礼はもうよいのだ。もし、盗っ人がまたやって来るのが心配だというならば、その先の長寿庵へ声をかけて、あなたの家族が帰るまで、誰かに来てもらうようにしてやってもよいが……」

お蝶が唇を嚙んだ。

「大丈夫です。それには及びません。なにかあったら、お隣に声をかけますから……」

確かに野中の一軒家ではなかった。

両隣も、道の反対側も、深川佐賀町の町屋であった。

「では、失礼する」

歩き出そうとして、麻太郎は花世を見た。

花世はまだお蝶を凝視している。

「花世さんは、どこへ行くのだ」

まさか自分を追いかけて来たとは思わなかった。なにか用事で出かけて来て、自分に気がついたものだと、麻太郎は信じ込んでいる。

「あたしのことは御心配なく。麻太郎さんこそ、寄り道しないで早くお帰りなさい」

相変らず、目をお蝶に注いだまま、そっけない口調であった。

何を考えているのかと、麻太郎は馬鹿馬鹿しくなった。

麻太郎が歩き出すと、背後で格子戸が手荒く閉る音がした。ふりむくと、お蝶が家の中へかけ込んだところで、花世はまだその後姿を睨みつけている。

「早く帰らないと、風邪をひくぞ」

花世にいってやり、麻太郎はとっとと足を早めた。

自分はひったくりに遭った娘の金を取り返してやり、家まで送っただけだというのに、花世は何を考えているのかと可笑しくもある。

佐賀町の通りを一度もふりむかず、麻太郎は八丁堀へ帰った。

## 三

次の麻生家の学習の日、麻太郎は源太郎と揃って出かけた。

お蝶の家は格子戸が閉って居り、三味線の音も聞えなかった。無論、お蝶の姿もない。

麻生家で花世が何かいうかと思ったが、忘れたように知らん顔であった。

帰りも、麻太郎は源太郎と一緒であった。

磨き抜かれた格子戸の前で中年の男が家主らしい老人に、しきりと頭を下げている。

大川は花見帰りの客を乗せた舟で賑わっていた。

江戸はあの雪の舞う一日が嘘のような花見陽気であった。

五の日と十日と二十日、麻太郎は本所の麻生家へ通い続けていたが、いつも源太郎と肩を並べてであった。

もともと、二人が一緒であるのが普通で、八丁堀でも御神酒《おみき》徳利《どっくり》などといわれている。たまに一人で歩いていると、おや、今日はお一人ですか、なぞと不思議そうな顔をされるのが通常のことである。

向島の桜が散って間もなく、麻生家の学習の後で、両国橋の袂、回向院《えこういん》で大宰府の天満宮の御開帳が催されているという話が出た。

麻生源右衛門が親しくしている書家に誘われて見物して来たもので、天神様、即ち、菅原道真の書が何点か飾られていたが、

「流石、菅公の筆だけあって、なかなかに趣きがあった。其方《そのほう》達も後学のために拝観して参るとよいぞ」

と子供達にいった。

早速、その気になったのが、まず花世で、

「お祖父様がああおっしゃるのですから、皆で参りましょう。明日では如何」

とんとんと話がまとまった。

翌日は夏を思わせる晴天で、早朝から気温は鰻上り。

「広小路はさぞかし人出が多いでしょうから、くれぐれも気をつけて……」

と各々の母親から注意を受け、麻太郎と源太郎が本所の麻生家へやって来ると、もう花世と小太郎は玄関に出て待っている。

「お祖父様から、みんな各々にお小遣いを頂きました。お母様には内緒です」

屋敷を出て両国へ向って歩き出してから、花世が祝儀袋を麻太郎と源太郎に一つずつ渡した。

「私も小太郎も頂きましたから……」

使いやすいように銭が主だが二朱銀もまざっていて、一分《いちぶ》ずつ入っているという。

実をいうと麻太郎も源太郎も屋敷を出る時、母親から同じ程度の小遣いをもらって来ていた。で、二人の懐具合はぐんと豊かになった。

回向院では、天神様の絵姿を拝み、古びた装束や烏帽子《えぼし》、硯や筆など、菅原道真公の遺品と称するものを眺め、続いて、四人共、全く読めない文字の並んだ書を子細らしく眺めると、すぐに外へ出た。

「上方から操り人形の芝居が来ているのですって。お祖父様がそっと教えて下さいました」

花世が先に立って両国橋を渡り、四人はずらりと並んだ小屋掛の一つ一つを、看板を見上げながら進んだ。

そのあたりは茶店もあれば商店も並び、路上では食べ物売りが賑やかに客を呼んでいる。

「両国名物よねまんじゅう。焼き立て砂糖餅」

「名代の梅養香。ばいは梅、ようは養う、こうは香と書きまして、ご存じの御茶菓子、一袋が代は四文」

「この長芋餅はご大切なる御子さま方、御老体さま方にあげられましても、お気遣いござりませぬ。評判、評判」

などという売り声の中を、芝居小屋で打ち鳴らす太鼓の音が入りまじって、四人の子供は雑踏の中を浮き浮きと歩いた。

もっとも、源太郎はひっきりなしに、

「掏摸《すり》に気をつけましょう。懐中の紙入れは大丈夫ですか」

と声をかけ、麻太郎はぶつかって来る群衆から花世と小太郎を守りながら、とにかく、花世のお目あての操り人形芝居と小太郎が見たいという軽業《かるわざ》の小屋をのぞき、それから浮画《うきえ》のぞき目鏡《めがね》というのを各々、じっくりのぞかせてもらって、少々の買い食いをした。

麻太郎が事件に気がついたのは、ちょうど女だてらに楊弓《ようきゅう》をやってみたいといい出した花世と小太郎を伴って、源太郎が楊弓場へ入り、麻太郎自身は花世から今の中《うち》に買っておいて欲しいと頼まれた大福餅の店に並んでいた時であった。

「なにをする」

という叫び声が聞えて、麻太郎はそっちを見た。

田舎から出て来た見物客だろう、老人一人を四、五人の若者が取り囲んで、その一人が老人の懐中物を摑み出している。

反射的に麻太郎はとび出した。逃げて行く若者を追いかけて、あっと思ったのは彼らの行く手にお蝶の姿が見えたからである。

その時の麻太郎には、お蝶に若者達が襲いかかって行くように思えた。

何が起ったのかもわからずひしめき合っている群衆をかき分けて、麻太郎はお蝶のほうへ突進した。その麻太郎めがけて、若者達が撲りかかって来た。一人を投げとばし、棒きれをふり上げた奴のきき腕を押えて、棒を奪い取る。お蝶が何か叫んだようであったが、麻太郎には聞きとれなかった。見た所、相手は五人、なかには懐に手を入れている奴もいて、そこに匕首《あいくち》でも呑んでいるのか。

六角棒をふり廻して背後からかかって来たのを、体を沈めざまに棒を下からすくい上げた。ねらったわけではなかったが、棒は正確に相手の股間を打ち上げたらしく、ぎゃっと叫んでうずくまった。

「麻太郎君」

源太郎が声と共にかけ寄って、一人が二人ずつを相手にするなら何ということはなく、忽《たちま》ち二人が攻勢に出ると、四人は倒れている仲間を残して逃げ出した。

その一人の足をねらって麻太郎が棒を投げ、ひっくり返ったのを源太郎が押えつけた。

「そいつが、懐中物を盗った奴だ」

麻太郎にいわれて、源太郎が若者の懐から老人の盗まれた財布を取り返した。

「岡っ引が来たぞ」

という声が聞え、麻太郎は慌しくあたりを見廻したが、お蝶の姿はどこにも見えなかった。

二人の少年にとって具合がよかったのは、橋番と一緒にかけつけて来た岡っ引が、源太郎を定《じょう》廻《まわ》り同心、畝源三郎《げんざぶろう》の悴《せがれ》と知っていたことで、源太郎が取り戻した財布を、茫然としている老人に返してやるようにと命じると、えらく恐れ入って、

「何分、畝の旦那によろしくおっしゃって下せえまし」

と腰を低くしただけで、ろくに事情も訊かなかった。

麻太郎と源太郎はさっさとその場を離れ、のんきらしく絵草紙屋をのぞいていた花世と小太郎をみつけ、大福餅を求め、他に少々の買い物などをして、本所の麻生家を廻って八丁堀に帰った。

その道中、二人の少年は今日の出来事を親には報告しないと申し合せた。

盛り場で掏摸を捕えたのはまだしも、ならずもののような若者を相手に棒っ切れをふり廻したのは、どう考えても賞《ほ》められたことではないと承知していたからであり、父親に叱られるのは仕方がないが、母親に心配をかけ、ことによると泣かれるのではないかと、そっちのほうが怖かった故である。

だが、どちらも遠からず親の耳に入るだろうとは覚悟していた。

広小路でかけつけて来た岡っ引の口から畝源三郎に報告されない筈はないとわかっていたからであった。

けれども、二日経ち、三日が過ぎても、通之進は何もいわない。麻太郎が源太郎に訊いてみると、

「わたしの所も、何もいわれません。父の様子に全く変りはありませんので……」

なんとも不思議そうに首をひねってから、

「ひょっとすると、あの時の岡っ引、権六というのですが、長助と昵懇《じっこん》なのですよ。案外、長助と相談して、父にはいいつけないでくれたのかも知れません」

という。

「そうだったのか」

「助かりましたね」

と二人は肩を叩き合って喜んだものだが、実は、神林通之進も畝源三郎も、その日の中に二人の少年のしでかしたことを承知していた。

「麻太郎坊っちゃんも源太郎坊っちゃんも、決して喧嘩をなすったわけじゃございません。田舎から見物に出て来た年寄が財布をひったくられたのを見て、取り返して下すっただけのことでございます。そこんところをお間違えにならねえように、よくよく申し上げてくれろと権六の奴が念を押しましたんで、どうぞ一つ、お二人をお叱りになりませんように、権六とあっしに免じて、何分、知らぬ顔をなすって下さいまし。一生のお願いでございます」

と長助に伏しおがまれたと、源三郎が通之進に報告し、

「長助におがまれたのでは仕方あるまいな」

と通之進が笑い出したからである。

ただし、通之進はその時、源三郎にこう命じた。

「この節、両国盛り場において、若者が老人、女子供を相手にひったくりを働くというお届けが増えて居る。捨ててもおけまい。それら若者共の実態をこの際、よく調べておくことじゃ」

年端《としは》も行かぬ者とて目こぼしはならぬが、分別のない若者が面白ずくに悪さをしているのならば、もっと大きな罪を犯さない中に、当人なり親なりに厳重に注意をして、改心させる方向へ持って行く手だてを思案せねばなるまい、といった通之進に、源三郎は深く頭を下げた。

まず、そのためには、盛り場にたむろしてひったくりなぞを働いている若者を調べねばならない。

源三郎の手足になって働く岡っ引がいっせいに動いた。

その中心になったのは深川長寿庵の長助、これまで幾度もの手柄をたてて、奉行所から表彰されたことのある老練の御用聞きである。

結果が出たのは、月の終りであった。

## 四

神林東吾が軍艦操練所から帰って来て一休みしたところに、

「長助親分が参りましたけど、なんですか、折入って旦那様にお話があるとか……」

女中頭のお吉が取り次いで来た。

「今日は御新造様が築地の寂々斎楓月《せきせきさいふうげつ》先生の所のお茶事で、千春嬢さまをお伴いになってお出かけですと申しましたら、なんですか、そのほうがいいみたいなことをいうんですよ」

うさんくさそうにお吉がいいつけている所へ、庭から長助が顔を出した。

「おくつろぎのところを申しわけございません。ちょいと、畝の旦那からお耳に入れておくよう申しつかりましたんで……」

長い話ではないので、こちらで、と縁側からいう。つまり、居間へは上らない心算《つもり》のようなので、東吾は気軽く、自分から縁先へ出て行った。

ここ数日、すっかり陽気がよくなって戸外のほうがさわやかな感じがする。

「実は先だって畝の旦那がお耳に入れた両国広小路の一件でございますが……」

いつもより低い調子で話し出した長助に、東吾は合点した。

「麻太郎と源太郎がひったくり仲間とやり合ったことだろう」

神林様の御指示でもありますので、くれぐれも御内密に、と断って源三郎は二人の少年がひったくりから盗まれた者の財布を取り返すために少々、乱闘めいたことをやってのけたと打ちあけて行った。

「そんなことで俺が子供らに叱言《こごと》をいうと思うか。俺も源さんも、あいつらの年頃には年中、似たようなことをやっていたじゃないか」

と笑った東吾は、勿論、二人に何もいってはいない。

「悪さをしていた連中は捕まったのか」

「へい、残らず名前が知れまして、一人一人、内々に番屋へ呼んで畝の旦那が直々に話をなさいました」

驚いたことに、一番年長が十五歳で十三が三人、十歳が二人。

「姿《なり》はでかくとも、まるで餓鬼でござんして、おまけに親は大身代じゃございませんが、まあまあの店をかまえている家の旦那でして、貧乏人の子供は一人も居りませんでした」

格別、小遣いに不自由もしていない商家の子供が、ただ面白いからと盛り場でひったくりをしていた。

「ですが、一人一人の家の内情を調べてみますと、旦那が妾の家へ入りびたって夫婦仲が悪かったり、女房が役者狂いをしていたり、年寄が孫を甘やかしていいなり次第にしてやらないと悴夫婦を叱りつけたり、同じ腹を痛めた子だというのに、兄さんばかりを可愛がって弟には冷たかったとか、まあ、各々、家の中がまともじゃございませんようで、畝の旦那は親達も呼んで諄々とお諭しになってお出《い》でてでござんした」

そこで長助は少々、言葉を考える風であったが、東吾の視線にぶつかるとやや早口で話を続けた。

「ところで、その連中には親玉が居りやして、そいつがいろいろと指図をする。むこうから来る田舎者はいい鴨だから、あいつの懐をねらってみろとか、あの女はいけ好かねえから風呂敷包をかっさらっちまえとか。連中はその娘に気に入られたくって、なんでもいう通りにするってえことで……」

「娘なのか」

「へえ、新内語りの鶴賀喜久大夫の子でお蝶という、まだ十五の小娘でした」

「すると、広小路の一件も……」

「そいつが采配ふってやがって……」

「麻太郎と源太郎は、それを知っていたのか」

「いえ、お二人とも、全く御存じじゃございません。ですが、ちょいと気になることがござんして……」

仲間の一人のいったことだが、麻太郎がひったくりを追って行った時、お蝶が仲間に、

「あの人には手出しをしないで……」

と命じたという。

「ですが、連中にしてみたらお蝶が麻太郎坊っちゃんを知っていたというのが気に入らねえ。やっつけちまえとかかって行ったら、反対にやられちまったってことでして……」

「お蝶という娘が、麻太郎に手出しをするなといったのか」

「へえ、それともう一つ、これは、だいぶ前の雪の降った日のことだそうですが、仲間の一番のちびが、お蝶にいいつけられて、お蝶の風呂敷包をひったくって逃げたんだと申します」

「なんだと……」

「つまり、その、むこうから麻太郎坊っちゃんがお出でになるのをみて、お蝶がそういったってんですが、なんでもいいから、あの人が追っかけて行ったら逃げて逃げて、逃げ切れないところ

で包を捨てて、どこかにかくれちまえと……で、その通りにして様子を窺っていると、麻太郎坊っちゃんが包を拾って、追いかけて来たお蝶と一緒に仲よく行っちまったと……」

長助が東吾を眺めて、立て続けに頭を下げた。

「こいつは麻太郎坊っちゃんの全く御存じないことでして、ただ、畝の旦那が若先生にだけはお話ししておいたほうがよかろうと……」

「そのお蝶って娘は、なんで悪餓鬼どもの首領《かしら》になっていたんだ」

「さあ、そこのところはあっしにもよくわからねえんですが、お蝶の姉は菊丸といって深川仲町で一番の売れっ妓でして、深川の男達はたいがいが岡惚れだってほど人気者なんで。そいつの妹ってことで、悪餓鬼連中はお蝶に憧れていたんじゃねえかと思います」

加えて、お蝶の両親は寄席に出たり、地方廻りで家を留守にしがちだし、祖父母も外へ出かけるのが好きで、芝居だ名所廻《めぐ》りだと自分達の楽しみに日を過している。

「悪餓鬼連中にしてみれば、お蝶の家へ集って、わいわいさわいでも叱言を食う心配はねえ。いいたまり場ってことじゃございませんか」

長助が台所のほうを気にして腰を上げた。

「そういうわけのものでござんして、麻太郎坊っちゃんには、なんにもおっしゃらないでおくんなさいまし」

東吾が笑った。

「俺はそれほど野暮じゃねえ」

ぼんのくぼに手をやりながら出て行く長助の背に訊いた。

「お蝶って子、器量よしか」

「そりゃもう、菊丸姐さんの妹でござんすから……」

慌てて口を手でふさぎ、首をすくめて庭を走って行った。

それを見送って、東吾は暫く縁側にすわったまま大川に向った庭を眺めていた。

あいつも、女にもてる年齢になったのか、と思う。

お蝶という娘が、なんとか麻太郎の気を引こうとしていろいろ仕かけたというのに、肝腎の麻太郎が気づかず、ひったくりを追いかけ廻してばかりいたというのが少しばかり可笑しかった。

「あいつが浮かれ蝶々なんぞにひっかかるものか」

独り言に呟いて、東吾は「かわせみ」の店のほうに耳をすませた。

るいと千春が出迎えた嘉助に何やら楽しそうに喋っている。

ゆっくり立ち上って、東吾は帳場へ続く廊下を歩いて行った。


何度、その格子戸の前を通っても、お蝶の姿もなく、三味線の音も聞えないのを麻太郎は不思議に思っていた。

で、その日、麻生家からの帰り道、並んで歩いている源太郎に訊いてみた。

「あの家、このところ、新内節が聞えて来ないな」

麻太郎と同じく、例の件については何も聞かされていない源太郎がのんびりと答えた。

「鶴賀喜久大夫なら引越したそうです」

驚いた友人の顔を見て、笑った。

「長助が父上に話していたんですが、娘に悪い友達が出来て困ったとかで、違う土地で暮すほうがよいとあそこを出て行った。だから、今は空家らしいです」

「そうだったのか」

二人の間で、話はそれで終った。

源太郎が今日、学習したばかりの英語の歌を暗誦しはじめ、麻太郎も声を合せた。

大川の岸辺の柳は緑に芽吹き、その葉がくれに黄色い小さな蝶が舞っている。

二人の少年はそれに目もくれず、肩をそびやかすようにして永代橋へ歩いて行った。

# 捨《す》てられた娘《むすめ》

## 一

明日は上巳《じょうし》の節供《せっく》という三月二日に、本所の麻生家では子供達を招いて一日早い雛祭を祝った。

麻生家の隠居、源右衛門は老齢を理由に西丸御留守居役を最後として公職を退いてからは悠々自適の毎日を過しているが、なによりの楽しみは親類中の子供達を集めて、麻生家の孫達と共に盛大に遊ばせることであった。

無心に戯れる子供達の姿を眺めて満足しているだけではなく、自分も童心に返って仲間入りをするし、子供達も老人から古い遊びの数々を教えてもらって喜んでいる。

けれども、このところ子供達は成長著しく、各々に学問や武術の稽古に通うようになって、以前のように、いつでも遊びにお出《い》でと声をかけられて、嬉々として集って来るわけにも行かなくなった。

月に何日か麻生家で催される英語の学習も、勉強が終れば、子供達は長居をせず帰って行く。そのように親から躾《しつけ》られていると源右衛門も承知しているので、悪止めも出来ない。

で、老人が天下晴れて子供達を集められるのは、年中行事の日であった。

子供達も祭の日なら、親に叱られることもなく堂々と老人の許へやって来る。

老人が配慮したのは、祭の当日は各々の家で家族揃って祝膳を囲むこともあろうからと一日早くに招集をかける。

そういった老人の心を二人の娘達はよくわかっているので、子供達が招きを受ける八丁堀の畝源三郎の所や、大川端町の「かわせみ」などには、必ず神林家から香苗自身が出むいて行って、

「御迷惑でもございましょうが、老父が心待ちして居りますので……」

と挨拶をする。

無論、畝家にせよ、「かわせみ」の東吾夫婦にしても異論のある筈はなくて、

「麻生様にはいつもお世話になって居ります上に、お招き頂きまして有難う存じます。源太郎もお千代《ちよ》もどのように喜びますことか」

と畝家では二人の子供の母親のお千絵《ちえ》が礼をいい、「かわせみ」では東吾が、

「義姉上《あねうえ》がわざわざお運び下さるまでもありません。うちの千春なんぞは、ぼつぼつ雛祭だから、きっと麻生のおじいさまが招《よ》んで下さるだろうと、あてにして待っていますよ」

帰りが夜になるようなら、子供達の迎えは自分が行くからと請け合った。

一方、子供達は麻生家の花世が主導格になって、老人を喜ばせるために自分達で何が出来るか

を考え、その練習に取りかかった。

練習場所は「かわせみ」と決っていて、離れの部屋へ子供達が集ると、お茶や菓子を運んで入って行けるのは女中頭のお吉だけ。

「お吉は私達が誰にも話さないでと頼めば、絶対に話しませんから……」

と花世にいわれてしまっては、お喋り好きのお吉といえども、口に蓋をせざるを得ない。

そして当日、「かわせみ」からは華板が見事な大鯛に沢山の蛤《はまぐり》を籠に入れたのを若い衆に持たせて、

「おめでとうございます。お手伝いに参上致しましたんで、何分、よろしくお願い申します」

威勢よく麻生家の台所口へやって来て、女中達と雛祭の膳の仕度に大忙しであった七重を喜ばせた。

午《ひる》すぎ、子供達は続々と本所の麻生家へ集って来た。

雛段の飾られた大広間は部屋と部屋の仕切りの襖《ふすま》が取りはずされ、雛段とは向い側のほうに金屏風がたて廻されて、そこが子供達の晴れ舞台になった。

麻生家の花世と小太郎は、常連の神林麻太郎、千春、畝源太郎、お千代の他に自分達の友達も少々、招いていたので、十数人の子供が午餉《ひるげ》をすませて来た者も、まだの子も別室でまず、稲荷鮨や小豆餅で腹をふくらませ、それから麻生源右衛門と一緒に大広間へ移った。

最初に花世が金屏風の前へ出て来てお辞儀をし、

「これから宵節句のお楽しみを御披露します」

といって、ひっこむと金屏風の前に琴が二面並べられ、千春とお千代がその前にすわって「六段」の曲を演奏した。

次には、麻太郎と源太郎が地謡《じうたい》をつとめて、小太郎が仕舞で「羽衣」と「猩猩《しょうじょう》」を舞い終ると少しばかり休憩があってから、小太郎が、

「では、英語狂言、靫猿《うつぼざる》を始めます。これは、源太郎さんの知り合いに狂言師の悴《せがれ》さんがいたので、その人から狂言を教えてもらい、言葉をみんなで考えて英語にしました。どうぞ、ごらん下さい」

と説明すると、出演者がぞろぞろと金屏風の前に並んだ。

女大名が花世で、太郎冠者が源太郎、猿曳きが麻太郎で、なんと、猿が千春。各々がそれらしい装束をつけている。

花世の威勢のよい声で英語狂言が始まった。

「驚いたな。あいつら、こんなことを考えたのか」

遅れてやって来た東吾が、やはり患者の治療をすませて廊下からのぞいていた宗太郎にささやいた。

「東吾さんも知らなかったんですか」

「うちで稽古を見ていたのはお吉だけでね。あいつはすっかり子供達の忠臣になっちまって、俺が何をやっているのか少しでいいから教えろといっても、口一文字でね」

熱心にみていた源右衛門がじろりと廊下を睨んで、親二人は黙った。

金屏風の前では、女大名が子猿の毛皮を靫《うつぼ》にするといって、小道具の弓に矢をつがえ、子猿を射ようとするのを、太郎冠者と猿曳きが必死になって制止している。

「お止まり下さい《ストップブリーズ》」

だの、

「黙れ《シャアラップ》」

だの、珍妙な英語が聞えて来て、麻生家の大広間はまことに賑やかであった。

二

麻生宗太郎が患者を診るために使っている部屋は、麻生家の東側にあった。内玄関を出て飛石伝いに行くと小名木川沿いの所に裏門がある。麻生家の表門はそれよりも北寄りに立派な長屋門があり、台所口に近い裏門は六間堀の猿子橋寄りに出入りの商人の便宜用のくぐり戸が開いているので、小名木川沿いのほうの門は殆ど使っていなかった。

宗太郎が麻生家へ聟《むこ》入りして医療を行うようになってから、訪ねて来る患者の便のために利用されている。

大広間の子供達の喧騒から逃げ出して、東吾と宗太郎が各々、酒肴を手にして落着いたのは、診療室であった。患者が来なければ、ここは麻生家の別天地、男二人が安心してくつろげる場所でもある。

「英語の狂言とは驚いたな」

「若い者の発想は、実にのびやかなものですよ」

徳利の酒をさしつさされつして、東吾が訊いた。

「花世の友達だと思うが、雛段の右のほうにすわっていた娘がいたろう。紫色の着物を着て器量は悪くないが、色の浅黒い……」

宗太郎がうなずいた。

「やっぱり、東吾さんの目に止りましたか」

「他の娘達と雰囲気が違うと思ってね」

今日、麻生家に招かれていた花世の友達はおおむね旗本の子女で、暮し向きはそう悪いほうではなさそうであった。

麻生家は名門で、家禄は源右衛門の代で六百石にまで加増された上、源右衛門は有能な官吏として目付役にまで昇進し、晩年は西丸御留守居役をもって致仕《ちし》している。

目付役の御役高は千石、西丸御留守居役は二千石であったから、麻生家は源右衛門が御役を退いた今でも裕福であった。

家風は質実剛健であるから貯えもあるし、宗太郎が医師として得ている収入も少くはない。

当然、源右衛門の孫達が友人としてつき合う旗本の子弟も、それなりの家の子となるのが普通であった。

もっとも、麻生源右衛門という男は町奉行所の与力職にある男を竹馬の友に持ち、娘をその友人の息子に嫁がせるくらいだから、世間の評価や貧富で、人間を見る目を曇らせるような人物ではない。

従って、孫娘がどのような友人を連れて来ようが一向に驚きはしないだろうが、それにしても、その娘は少しばかり異質な気がした。

「東吾さんがいわれたのは、喜久江という娘のことだろうと思いますよ」

大皿に盛りつけて来た肴を東吾のために小皿に取り分けてやりながら、宗太郎は考え深い表情になった。

「親は旗本か」

「そうです。屋敷は六間堀が五間堀へ切れている近くです」

「こことは近いな」

「あの娘をうちへ連れて来たのは文吾兵衛《ぶんごべえ》父子なのですよ」

一カ月ほど前、竪川に架っている一ツ目橋の袂で倒れるのを目撃したという。

「文吾兵衛はその日、松浦豊後守様の上屋敷へ呼ばれて行っての帰り道だったそうですが、一ツ目橋の所で大川のほうをみて立っていた娘が突然、朽木《くちき》が倒れるようにひっくり返った。慌てて抱き起すと体中が異様に熱い。これはというのでわたしの所へかつぎ込んで来たのです」

「病気か」

「風邪をこじらせていまして、肺に炎症を起していました。なによりも体が衰弱していて、一時はどうなるかと案じましたが、生命力があったのでしょう。なんとか克服しましてね」

花世がその娘とつき合っているのを知ったのは、喜久江がすっかり回復してからのことで、時折、喜久江が訪ねて来たり、花世のほうが訪ねて行ったりしているのだと話しながら、宗太郎が僅かばかり眉を寄せた。

「ただ、文吾兵衛が心配しているのです」

たまたま、自分が麻生家へ連れて来てしまった娘が、その後、花世の友達になったと知って、文吾兵衛は喜久江の家、つまり、旗本、小林家について調べたようだと宗太郎は苦笑した。

「家の中がかなり厄介なようで、文吾兵衛は花世の性格を知っていますので、巻き込まれてはと案じているわけです」

「厄介な事情というのを、花世は知っているのか」

「文吾兵衛が話したといいますが、東吾さんも御承知のように、花世という娘は自分が納得しなければ、人のいう通りにはなりません。それはそれでよいとわたしは思いますが、母親のほうは女ですから、なにかと気がかりのようでして……」

廊下に足音がして、千春の声が、

「父上、お父様……」

と呼んでいる。男二人はやむなく話を中断した。

数日後、東吾は軍艦操練所の帰途、大川端町を素通りして深川へ入った。

門前仲町は春たけなわの人通りで、永代寺の境内の桜はもう盛りを過ぎ、あるかなきかの風に花びらを散らせている。

門前町の尽きる所、富岡八幡の東側に三十三間堂がある。

もともとは、浅草本願寺の西向いにあったのが元禄年間、火災にあって後、この地に替地を頂いて元通りの建物が出来た。

堂は京都の蓮華王院を模したもので、三十三間というものの、二間を一間として南北に三十三間、つまり実寸は六十六間、東西は四間の御堂で本尊は千手観音を祭っている。

この御堂の西の縁を射場として、三十三間堂通し矢が行われた。

夕刻から翌日の夕刻まで休みなしに一人の弓術家が何本の矢を射るかで、終った者はその矢数と姓名を堂にかかげることが出来た。

永代の元締と呼ばれている文吾兵衛の住居はこの三十三間堂の手前の水路沿いにあった。

家の前には小文吾《こぶんご》が出迎えている。

「うちの若い者が二階から若先生がこちらにお出でなさるのが見えたと申しますんで……」

東吾が笑った。

「どうも、この家には物見櫓があるようだな」

小文吾がぼんのくぼに手をやりながら小腰をかがめた。

「恐れ入ります。親父はちょいと出て居りますが、もう戻る頃でございます。お待ち下されば、さぞ喜ぶだろうと存じますが……」

丁寧に招じ入れられて、東吾は訊いてみた。

「小文吾は喜久江という娘を知っているな」

「へえ、小林様のお嬢様のことでございましたら……」

「一ツ目橋の所で倒れたのを助けて麻生家へ運んだのだろう」

「へえ、宗太郎先生にはとんだ御迷惑をおかけ申しました」

「小林という旗本について、文吾兵衛は調べたそうだな」

若い者が神妙に茶を運んで出て行くのを待って小文吾が答えた。

「親父は、花世お嬢さんが喜久江という娘さんと親しくなさっているのを知って、少々、考えちまったらしいんで……」

つまり、麻生家と小林家では、同じ旗本でも身分違いだと小文吾は遠慮がちに話し出した。

「小林様と申しますのは、二百石とか。まあ、それだけでございましたら、麻生の御家の方々は、おおらかな御気性でなんともお思いにはなりますまいが、御当主は二代続けて小普請入り、お暮しむきはかなりきびしいようでして……」

それは東吾もすぐにわかった。

家禄二百石といえば、旗本としては通常、最下位であった。

二百石取りというのは二百石の米が収穫出来る土地をお上から拝領したということになるので、慣例としてその六割は領民が取り、四割が主人のものとなる。つまり、御蔵米取《おくらまいとり》と呼ばれる、幕府直轄の土地から収穫される米を諸方から集める蔵から二百石の旗本が頂ける米はおよそ八十石、それを白米にすると二割方搗《つ》き減りするので六十四石、俵にすると四斗を一俵として百六十俵、また一石を一両とすると六十四両、これで公けに定められた通りなら、男五人、女二人程度の使用人に給料を支払い、一年の家計に当てなければならない。

実際、多くの家では、それだけの使用人を召し抱えるのは不可能で、せいぜい、男二、三人、女一人といったところだが、諸事物価高の御時世では到底やりくりがつかず、大方が蔵前の札差に二年先、三年先の禄米を抵当にして借金を重ねている。

それに、小普請入りというのは非役なので家禄の他に御役料は一文も入って来ないし、その上、小普請金として二百石の者は年三両を幕府に納めねばならなかった。小文吾がいったように、生活は決して楽ではない。

東吾の生家である神林家は町奉行所の与力で家禄は二百石だが、旗本のように役付になって出世することがない代りに、町奉行所には大名や町々からの付け届けが慣例となっていて、奉行所はその中から、いくばくかをまとめて与力、同心など身分に応じて分けるので、同じ家禄の旗本とくらべると、ずっとゆとりのある暮しが出来た。

「実を申しますと、小林様では御当主の殿様がつい先頃、甲府勤番にお決りになったとやらで、甲州へお発ちなさいました」

小文吾のいうのを聞いて、東吾はやれやれと思った。

享保年間に甲府藩が廃されて幕府直轄となってから甲府城には甲府勤番支配がおかれ、城の警固役として小普請組の武士が勤番として派遣されることになっている。

役料は二百俵だが、これも玄米なので搗き減りを除くと百六十俵に当る。これは家禄がそれ以下ならば、家禄を引いた分が支給されるが、小林家は二百石なので、さしひき勘定は零で全く支給されない。従って、小林家が甲府勤番を命ぜられて、多少なりとも助かるのは、小普請金が役付になったことで免除されるぐらいのものである。

むしろ、当主が甲府へ赴任することで、生活が二重になるし、なにかと物入りも増えるから、まず、甲府勤番を命ぜられて喜ぶ者はいない。山流しだの、甲府《こうふ》勝手《かって》なぞと呼ばれて敬遠されるのは、その故であった。

「そうすると、小林家は奥方と喜久江という娘と奉公人が留守をしているんだな」

小文吾の口がいよいよ重くなった。

「いえ、只今の奥方様のお子が二人、甲太郎様と嶋次郎様がお出でなさいます」

十歳と八歳だといった。

「只今の奥方ってことは、二度目か」

「左様で……喜久江様を生んだ奥方、お伊久様とおっしゃったそうですが、随分と前に歿《なくな》っていまして……」

そこで小文吾は彼らしくもなく、急に声を低くした。

「若先生は馬鹿げたことをと御立腹なさるかも知れませんが、小林様には昔から奇妙ないい伝えがおありなさるそうで……なんでも御先祖のどなたかが未年生《ひつじどし》れの女を殺しちまったことがあるとやらで、それ以来、未年の女を嫁にもらったり、子供に未年の女が生れたりすると、とんでもねえ災厄がふりかかるというんで……」

「小文吾」

「へえ」

「あててみようか。喜久江って娘、未年生れではないのか」

「若先生」

「まだあるのか」

「喜久江様ばかりじゃねえんです。喜久江様を生んだ前の奥方も未年だとか」

「ほう」

東吾が視線を宙に上げた。

「そのことについて、文吾兵衛はなんといっている」

「へえ、取るに足らねえ、馬鹿馬鹿しいといってしまえばそれまでだが、どうも、少々、気にかかると……」

「そうか」

「小林様のことはさておいて、万一、花世様に禍《わざわい》がふりかかっちゃあならねえとひどく気にかけて居りやす」

大刀を手にして、東吾が立ち上った。

「文吾兵衛ばかりに心配をかけてはすまない。ちょっと本所へ行って花世に会って来るよ」

「ですが、若先生……」

おろおろと外までついて来た小文吾に軽く手を上げて、東吾は三十三間堂を廻って永居橋を渡り、冬木町を抜けてもう一つ亀久橋で仙台堀を越えて本所へ入った。

伊勢崎町と西平野町の間の道を北へ向うと小名木川に架る高橋が見えて来る。

意外だったのは、高橋のむこう側の空地に花世が立っていて、もう一人の娘の肩を抱くようにして、しきりになだめている様子であったからで、

「おい、花世……」

走って近づきながら声をかけると、

「叔父様」

ぱたぱたと走って来た。

「どうかしたのか」

花世に取り残された娘が喜久江とわかって、東吾は双方に目をくばりながら訊ねた。

「喜久江さんの弟の甲太郎さんの姿がみえないのです」

「なんだと……」

「甲太郎さん、南本所番場町の素読の先生の所へ行く日で……いつもなら午すぎには帰って来るのに、今日はまだ帰らなくて……それで喜久江さんが迎えに行ったら、先生がいつもと同じ、午より前に帰ったとおっしゃったとか……それで喜久江さん、びっくりしてあたしを訪ねて来たのです」

花世の説明を、喜久江は茫然と聞いている。思いがけないことに気が顚倒《てんとう》して分別を失ったような表情であった。

「それで、あんたはそのことを家へ知らせたのか」

東吾に訊かれて、僅かに首を振る。

代弁したのは花世で、

「喜久江さん、お母様に叱られるのが怖くて、お家へ帰れないというのです」

「そんなことをいっている場合ではない。こうしている中《うち》にも、甲太郎君が家へ戻っているかも知れないではないか。とにかく、行ってみよう」

喜久江をせき立てるようにして歩き出した。

「花世、お前は屋敷へ戻っていてよいぞ」

と東吾はいったが、花世は黙ってついて来る。

高橋から北へ弥勒寺橋のところで五間堀を渡り、そのまま五間堀に沿って西へ行くと六間堀へ出る。

小林家は二つの堀の交差する角にあった。

敷地は百坪にも満たないだろう。小さな長屋門は荒れていて、門番なぞもおいていない。花世が勝手知ったようにくぐり戸を押して先に入り、喜久江と東吾が続いた。

屋敷の中はひっそりしていた。子供が居なくなったと大さわぎしている様子はない。

「帰って来たのではないのか」

思わず、東吾はいったのだが、喜久江は重い足取りで玄関脇の小道を裏のほうへ廻って行く。

井戸があり、物置があった。その先に台所口がみえる。開けっぱなしの戸のあたりに喜久江が立つと、なかから女中らしいのが出て来て二言三言、喜久江と話をして慌しく奥へ入って行く。

のろのろと喜久江が戻って来た。

「まだ、帰っていません」

花世に向って訴えるような目をした。

「どこか、甲太郎君が寄り道をする所に心当りはないのですか」

男の子のような口調で花世が訊き、喜久江は泣きそうな目をした。

「甲太郎は、お母様がきびしいので寄り道はしません」

「でも、お友達の所とか……」

「甲太郎に友達はいません」

花世が東吾をふり仰いだ。

「叔父様から、喜久江さんのお母様に口添えして下さい。喜久江さんをお叱りにならないように……」

「どうして弟が帰って来ないとこの人が叱られるのだ。なにか、理由があるのか」

「理由がなくても、喜久江さんは叱られるのです」

憤然と花世が叫んだ。

「叔父様、こんな理不尽なことがありますか」

「待てよ」

東吾が花世を制した時、台所から白髪頭の奉公人が出て来た。

「これはこれは、麻生様のお嬢様……」

花世が昂然と顔を上げた。

「わたしは喜久江さんが心配で来たのです。こちらはわたしの叔父で、たまたま、近くで出会ったので、ついて来てもらったのです」

「それは、おそれ入ります」

この家では用人格でもあろうか、貧弱で小柄な体を折りまげて老人が挨拶をした。

「手前は当家に奉公致します、吉野群蔵と申します」

東吾は名乗らなかった。

「御当家の御子息が未だお帰りにならぬと聞いたが」

「いやいや、御心配なく。追っつけ戻られましょう。なにせ、遊びたい盛りのお年でございますれば、御勉学のお帰りに大川でも眺め、蝶などを追いかけて、つい、時を過して居られるのでございましょう。以前にもそのようなことがございました。どうぞ、御懸念なく、お引取りを……」

老用人に押し出されるようにして、東吾と花世は小林家を出た。

三

小林家から麻生家まで、花世はえらく機嫌が悪かった。

「あのお家は少し、おかしいと思います。今にきっと何かが起ります」

唇をひき結んで断言した。

「何かがとはなんだ」

花世の気性を呑み込んでいる東吾がさりげなく水を向けると、

「勿論、悪いことです」

「例えば、どんなことなんだ」

「それを知りたいから、花はあの家から目を放さないようにしています」

「すると、喜久江に同情してつき合っているのではないのか」

「花は、安い同情はしません」

「ほう」

「喜久江さんは自分があの家でのけものにされているとよくいいます。継母だからお母様が冷たいと……」

「そいつは、かわいそうだとは思わないのか」

「継母のお母様には十歳と八歳の男の子がいるのです。どちらも、まだ手がかかります。男の子は弱いから、病気もよくするらしいし……喜久江さんは十六ですから、もう放っておいても一人で出来ます。それをひがんでいるのは愚かです」

「相変らず、手きびしいな」

東吾が笑い出し、花世も悪戯《いたずら》っぽい笑顔になった。

「花は、べたべたと寄りかかって来る人は嫌いです」

「人は……時には人に寄りかかりたくなることもあるさ。孔子様もそういっている」

「孔子様が、そんなことを……」

「お釈迦様か」

「とうたま、嘘ばっかり……」

けらけらと笑いながら自分の屋敷へかけ込んで行く花世を見送って、東吾は苦笑した。

久しぶりに花世の口から、

「とうたま」

と呼ばれたな、と思う。とうたまとは花世の母の七重が、東吾のことを東吾様と呼んでいたのを口真似した花世が舌足らずで、とうたまになったものであった。

とうたま、とうたまと、東吾の後を追いかけ、まつわりついていた小さな女の子が、いつの間にか名前のような花の年頃に成長しているのが、いささか感無量でもある。

麻生家には寄らず、東吾は深川佐賀町へ向って大川沿いの道を歩いた。

一日一日と陽が長くなって大川を行く舟の数がこの時刻、めっきり多い。

長寿庵をのぞくと、上りかまちの小部屋にるいと千春が上っていて、長助の女房のおえいとしきりに話している。

暖簾を分けて入って来た東吾をみて、

「若先生、ちょうどよいところに……」

おえいが愛敬よく出迎え、るいが千春に、

「ほら、とんだ所で、お父様にみつかってしまいましたよ」

というのが聞えた。

「どうした。お母様と深川へ買い物に来た帰りか」

東吾にいわれて千春が首をすくめる。そこへ長助が自分で蕎麦を運んで来た。

「千春嬢さんがうちの蕎麦を召し上りてえとおっしゃったそうでして、悴の奴が張り切りましてねえ」

長助がふりむいた釜場からは、悴の長太郎が顔を出して東吾に挨拶をした。

「若先生、よろしかったら一杯、如何で……」

「ああ、頼むよ。ちょうど小腹が空いたところだ」

「只今」

威勢のよい声が釜場へひっ込んで、おえいが訊いた。

「若先生、一本、おつけしましょうか」

「いや、子連れじゃ、そうも行かねえ」

笑いながら茶をもらうと、るいがいった。

「門前町で文吾兵衛さんに会いましたの。貴方が留守にお訪ね下さったと、申しわけながっておいでで……御用があればお使を頂きたい、すぐに参上しますとおっしゃっていました」

「いや、用はあらかた済んだんだがね」

千春が蕎麦をたぐるのを嬉しそうに眺めている長助に訊ねた。

「親分は、六間堀の近くの旗本、小林家の噂というのを聞いたことがあるか」

打てば響くように、長助が応じた。

「お旗本の小林参市郎様のお屋敷のことで……」

「知っているのか」

「実は、先だって、宗太郎先生からそちらの噂を知らないかとお訊ねを受けたものですから、早速、ざっとあの近所の商家を廻って聞いて来ましたんで……」

ふっと、東吾が口許をゆるめた。

「宗太郎も気にしているのか」

「あんまり気分のいい噂じゃございませんで……あの界隈じゃ、未年の女ってのは禁句だそうでして……」

「そんなに知れ渡っているのか」

「今度、小林家の御当主、参市郎様が甲府勤番におなりなすったのも、未年の女の祟《たた》りだと、まことしやかにいう奴も居りました」

「ひどいものだな」

「若先生は、未年の女の曰《いわ》く因縁を御存じで……」

「小文吾から聞いたよ。しかし、甲府勤番を命ぜられたのまで未年の女のせいにされたんじゃあ、歿った奥方はともかく、生きている娘は、たまったものじゃあねえなあ」

「全くで……」

蕎麦を食べ、東吾夫婦が千春と共に帰って行くのを、長助一家は揃って店の外へ出て見送った。

永代橋を渡る時に、陽が沈んだ。

「未年の女の祟りって、なんですの」

るいがそっと聞き、東吾が笑った。

「うちには未年の女はいなかったなあ」

「居りません」

「金《かね》の草鞋《わらじ》をはいても見つけて来て嫁にもらえというのは丑年の女だっけ」

「存じません」

るいがつんとして、東吾は手短かに小林家の先祖からのいい伝えというのを話した。

「どうやら、歿った小林参市郎の先妻と、その先妻が生んだ娘が、どちらも未年ということでね」

「そんな、お気の毒な……」

眉をひそめながら、るいがいった。

「生れたお子が未年というのは仕方がありませんけれど、どうして今の御当主は未年の女と御夫婦におなり遊ばしたのでしょうね」

「そいつはわからねえが、惚れちまって女房にしてから未年と知れたのか、未年でもかまわねえと思ったのか、或いは女のほうがその話を知っていて、未年だというのをかくしていたのか、いずれにしても、祟りだの、呪いだの、くだらねえとは思わねえか」

「思いますけれど、当事者にとっては、くだらないではすまないのではございませんか」

「たしかにそうかも知れないが……」

「御家の中が幸せであれば、誰もそのような噂に耳を貸す者はございませんでしょうけれど、いやなこと、御不幸が重なったりすると、やっぱり祟りだという者が出て参るのでしょうね」

「うちの先祖には、理由もなしに女をぶった斬ったなんて奴がいないことを願うよ」

故意に東吾が茶化し、黙って歩いていた千春が道の前方を指した。

「あれは、嘉助とお吉です。きっと心配して迎えに来たのですよ」

嘉助、お吉、と大声で呼びながら千春が走って行き、そこで小林家の話は終った。

翌日、麻生宗太郎が新川の患家へ往診に行った帰りだといって「かわせみ」に顔を出した。たまたま、軍艦操練所から帰って来たばかりの東吾に、すっと近づいて、

「小林家の甲太郎ですが、昨日から行方知れずのようなのです」

昨日、花世と会ったでしょうといわれて東吾は合点した。

「あれっきりなのか」

「そのようです。花世が東吾さんに知らせておいてくれというものですから、ちょっと寄りました」

茶を一杯飲んだだけで、そそくさと出て行った。

旗本の子供が行方知れずというのは厄介だと東吾は思った。町屋の子なら、親が届け出て町方役人が動き出す。

が、武士の場合は下手に騒ぐと家名にかかわるといった泣き所があるので、捜索はどうしても内々になり、その分、後手に廻る危険があった。

まして、むこうが何もいって来ないのに、町奉行所が口を出すわけにも行かない。たまたま、宿改めで畝源三郎が長助を伴ってやって来たので、そっと知らせたが、全く知らないという。

「仮に誘拐としても、武家の場合は金めあてではなく、怨恨とか相続争いが多いのですよ。そうなると、どちらも家の恥が外に出るのを怖れて、町方には訴えません」

「金めあてということはないよ。小林家の内情は火の車だ、脅かしたって一文も出ない」

「消えた子供が心配ですね。無事であればよいのですが……」

花世と畝源太郎と神林麻太郎の三人が「かわせみ」にとび込んで来たのは、その時で、

「大変です。喜久江さんの父上が行方知れずです。甲府には着いていません」

花世が流石《さすが》に青ざめて、東吾と源三郎に叫んだ。

四

本所の五間堀と六間堀が交るあたりに屋敷のある旗本、小林参市郎が甲府勤番を命ぜられて江戸を発ったのは二月二十日のことであった。

甲府は江戸から三十六里、道中にはさして厄介な所もなく、随一の難所は甲州へ入っての笹子峠ぐらいのもので、通常三、四日の行程である。

無論、江戸の留守宅では、とっくの昔に参市郎が甲府城へ到着しているとばかり思っていた。

異変が判ったのには、参市郎の供をして行った若党の定之助というのが半死半生の有様で江戸の

屋敷へ帰って来てのことである。

「小林参市郎どのが行方不明とはどういうことだ。落着いて話しなさい」

神林東吾にいわれて、花世は女中頭のお吉の持って来た水を一口飲み、大きく息を吐いてから話し出した。

「昨夜遅くに、お供をして行った定之助という若党が、死にそうになって帰って来たのです。足を痛めていて、もう何日もろくにものを食べていなかったとか」

「小林どのが甲府へ行く際、供をして行ったのは、その定之助一人なのだな」

「小林家には他に年寄の用人しかいません」

「うむ。それで……」

「定之助の話だと、御嶽《みたけ》山へおまいりに行って戻って来たら、御主人がいなくなっていたと……」

「なんだと……」

花世の背後に立っていた麻太郎が、たまりかねたようにいった。

「小林どのは、青梅街道を甲府に向われたのだと思います」

江戸から甲府へ向う道は、日本橋から内藤新宿を経て幡ヶ谷、府中、八王子と行く甲州街道の他に、内藤新宿の先、追分から分れて甲州街道のほぼ北を行く青梅街道があった。

昔から多摩川沿いの土地の産物を青梅に集め、江戸へ送る道であり、青梅の近くから良質の石灰が採れることもあって、甲州裏街道と呼ばれ整備されたものの、なんといっても山中の道ではあり、往来の便は甲州街道に及ばない。

それでも、この道を江戸の人々が出かけて行ったのは信仰のためであった。

江戸からおよそ十一里の青梅を過ぎると、左に御嶽山の偉容が眺められる。その頂上には武蔵御嶽神社が祭られて居り、関東の信者が参詣に訪れる。その宿坊や修験道場が建ち並び、麓には旅宿や茶店、土産物屋などもあって、なかなかの賑わいをみせている。

「待てよ。すると、小林どのは甲府へ参る途中、御嶽山を参詣しようと、青梅街道を行かれたのか」

東吾の言葉に、花世がちょっと頰をふくらませた。

「でも、御山へ上ったのは、お供の定之助だけでしたの」

「小林どのは詣でなかったのか」

「足に自信がない故、麓の宿で待っているからと、お供を代参に行かせたのです」

ぶっきら棒な花世の言い方を補うように、今度は源太郎が代って説明した。

「実は手前も麻太郎君も、今日は学習で本所へ参っていたのですが、花世さんの許に喜久江さんがやって来て、それで、三人が一緒に話を聞いたのです」

「わかった。つまり、小林どのは若党を御山へ代参にやって、その留守中に行方をくらましたということか」

「ですが、定之助のほうにも思いがけない出来事があって……御山でころんで足をくじいたのだそうです。凄い雨が降っていたようで……」

「雨の中の登山か」

「なんとか本殿までたどりついた所を坊さんに助けられて、宿坊で手当を受けて雨宿りしている中《うち》に夜になり、結局、麓へ戻ったのは翌朝だったと申していました」

「小林どのは若党の戻って来るのを待っていなかったのだな」

「宿の話では早朝に発ったというので、定之助は慌てて追いかけたそうですが、足を痛めていることもあって追いつけず、とうとう、甲府城まで行ってしまったと……」

小林家の喜久江が、花世と麻太郎、源太郎の三人に打ちあけたのは、そうしたことのようであった。

と見て、東吾がいった。

「小林家では若党の報告を聞いて、どうしている」

花世が鼻の上に皺を寄せた。

「喜久江さんの話だと、滅茶苦茶みたいです。お母様は泣くのも忘れて、ぼんやりしているらしいし、奉公人はおろおろするだけで……」

「親類などには相談したのか」

「お母様の御実家から人が来ているといっていました」

行方知れずになっている小林参市郎の妻の実家ということであった。

「では、お前達はもう各々の家へ戻れ。それから、小林家の当主が行方知れずという話は決して他言してはならない。武士の家は当主が行方知れずなどということが公けになれば断絶になりかねない。くれぐれも、他で話すな」

「わかっています」

花世が、少し怒った口調で応じた。

「それくらい、私達も知っています。だから、ここへ知らせに来たのです」

「そうか」

「喜久江さんのお父様が行方不明になっても、喜久江さんのお家では表立って探すことが出来ません。ですから、叔父様や源太郎君のお父様になんとか探して頂けないかと思って来たのです」

「成程」

東吾が、黙々と聞いていた畝源三郎へ苦笑した。

「では、我々は相談をするから、お前達は帰りなさい」

三人は顔を見合せるようにしたが、右代表といった恰好で花世が頭を下げた。

「では、よろしくお願い致します」

すっと出て行くのを、二人の少年が慌てて追って行った。

「花世さん、そこまで送るよ」

麻太郎の声が遠く聞え、東吾はやれやれといった顔で首筋を叩いた。

「あいつら、えらいことを持ち込みやがったな」

源三郎が初めて不安を口に出した。

「甲府のほうは、小林どのの失踪を知っているのですかね」

「定之助といったな、おいてきぼりを食った若党が甲府城へ行ってなんといったかだな」

実は主人とはぐれてしまってと、事実をべらべら喋ってしまったのだと、万事が上役の耳に達している。

「若党が心きく者であれば、なんとか取り繕って話しているでしょうが」

「仮に上役が知ってしまっても、すぐには公けにするまいよ」

道中のどこかで、小林参市郎が病んで動けなくなっているかも知れず、不慮の事故も考えられなくはない。

「はっきりしたことが判るまで、失踪は伏せておくだろう」

武家社会では、それが常識であった。

「小林どのが江戸を発って、今日で十九日目ですか」

「先月二十日に江戸を発って、一日目はどのあたりまで行くかな」

青梅街道は内藤新宿の先、追分で甲州街道と分れるが、暫くは町屋が続くと東吾はいった。

「江戸の本町通りのようなわけには行かないが柏木成子、淀橋、中野と街道筋はまあまあ店が並んで、それなりの人通りもある」

甲州街道もそうだが、青梅街道は多摩川の流域に広がる穀倉地帯からの収穫を江戸へ運ぶ道であった。

米、麦、蕎麦などの穀類はもとより畑で採れるさまざまの野菜が江戸の人々の台所をめざして馬の背で運ばれて来る。

それらは江戸の商店や得意先の大名家まで直行する場合もあるが、多くは内藤新宿が中継地となり、江戸からそれらの物資を受け取る問屋の出店も軒を並べている。

内藤新宿が他の品川や板橋、千住の三宿にくらべて、ずば抜けて馬の出入りが多いのはそのためで、馬といえば内藤新宿といわれるほど、この宿場には馬つなぎ場も多いし、馬のための水飲み場なぞも常備されている。

なにしろ、夜明け前に農作物を積んだ馬が百姓に曳かれて新宿をめざすので、季節によっては往復で四千四からの馬がこの街道を通ったといわれている。

その馬の背には、帰りに農村では入手しにくい品々を買いつけて積んで行くので、柏木から中野にかけては、そういった品物を商う店も少くない。

「なんにしても、平坦な道が続くから、もし、小林どのが健脚なら、一日目で青梅までの十一里を歩いただろうし、仮に、その手前で第一夜の宿をとったとしても、若党を御嶽山へ代参にやったのは二日目に違いあるまい」

「定之助は御山で足を痛めて、翌日、下山したといいますが、その時、麓の宿に小林どのは居なかったわけですな」

小林参市郎が姿をくらましたのは、三日目のこととなる。

「江戸を出たとたんに、という感じがしますね」

源三郎が目を光らせ、東吾もうなずいた。

失踪が自分の意志か、或いは第三者によるものかは別として、小林参市郎は甲府への旅が始まってすぐに姿を消している。

「定之助は主人を見失ってから十六日目に江戸へ帰って来たんだな」

少し、時間がかかり過ぎていないかといった東吾に、源三郎は首をかしげた。

「まあ、仰天して右往左往したことでしょうし、旅馴れていない者が、主人を探しながら甲府へ行き、また、ひき返したわけですから、それほど不自然とはいえますまいが、一度、定之助に会ってみる必要はありますね」

「問題は、町方の探索を小林家がのぞむかだな」

小林家としては、事件が表沙汰になるのは断じて避けたいところだろうと、東吾も源三郎も考えている。

「といって、ひょっこり、小林どのが姿を現わせばともかく、いつまでも捨てておけまいしな」

甲府城に駐在して城を守り、勤番衆のたばねをするのは甲府勤番支配の役職にある者で、おおむね四、五千石の旗本がえらばれて勤めている。その下に甲府勤番支配組頭が四名いて、勤番士およそ二百名が所属する。

勤番衆に任命された者が、いつまで経っても赴任して来なければ、当然、むこうから幕府に問い合せが来る。

「まあ、花世達の頼みは頼みとして、暫くは様子をみる他はないだろう」

「やむを得ませんね」

町奉行所の定廻り同心である畝源三郎の立場からしても、旗本は支配違いであり、上から格別の指示でもない限り、表立って動くことは出来ない。

「源さん、俺はどうも小林家に何かが起っているとしか思えないんだ」

昨日、嫡男である十歳の甲太郎が素読の稽古に出かけて、そのまま、行方が知れなくなっていた。

そして、その夜、若党の定之助が戻って来たことで、当主の失踪が明らかになった。

「東吾さんは二つの行方不明の根っこがつながっていると考えているのですか」

「定石からいえば、当主が消えて、嫡男が消えると、得をするのは次男だろうが」

「次男の嶋次郎どのが、父親と実の兄を殺して、小林家を相続しようと企んだというのですか」

「たしか、八つと聞いたよ、嶋次郎は……無理だな」

「母親が嶋次郎どのをと考えるのも無理ですよ。甲太郎どのも、今の奥方の子なのですから……」

東吾が黙り込み、源三郎はすっかり冷えた茶を思い出したように手に取った。

## 五

翌日、東吾が軍艦操練所の帰りに足をのばして本所の麻生家を訪ねると、用人が嬉しそうに出迎えた。

「本日は旦那様は往診にお出かけで、奥様は花世様と茶道のお集りに、小太郎若様は馬術の御稽古にお出かけでございまして、御隠居様はいささか無聊《ぶりょう》の御様子。よい所へお出で下さいました」

という。成程、屋敷の中はひっそりしていて、庭に面した縁側で源右衛門が雀に雑穀をまいてやっている。

入って来た東吾の顔をみて、

「まだ、なんにもわからんぞ」

花世がよくやるように口をまげた。

「小林家の当主の件ですか」

「悴の行方も知れないまんまだ」

茶を運んで来た女中に酒を命じた。

「少し、早すぎませんか」

暮れるには時間がありそうであった。

「手前は、そう長居をするつもりはありませんので……」

「不人情な奴じゃな。たまには老人の相手をせい」

中腰になっている女中にいった。

「長崎から鱲子《からすみ》が届いたであろう。それを肴に切って参れ」

やむなく、東吾も縁側にすわり込んだ。

「御老体は、小林家の若党にお会いになったことがありますか」

「定之助のことか」

「どんな男です」

「どんなと訊かれて答えられるほどのつき合いはないが……」

「しかし、お会いになったのではありませんか。定之助が主人とはぐれて戻って来てからです」

源右衛門が、ほうという顔をした。

「小林家の娘は、当家の花世の友人です。友人の家の不祥事に、花世が心を痛めている。かわいい孫娘の心配事を、御老体が知らぬ顔をしておいでとは思いません。で、お調べになるとすれば、まず、供としてついて行った定之助にお会いになるのが筋道でしょう。小林家は微禄なりとはいえ旗本です。我々が奉公人に会わせてくれといっても取り合ってくれますまいが、同じ旗本で御近所でもあり、かつては目付役をつとめられた御老体が心配して事情を知りたいと申し出られれば、むこうとしても断る理由はないでしょう」

「相変らずよう喋る奴じゃな」

苦笑して源右衛門が東吾と向い合った。

「何が知りたい」

「定之助は甲府へ参って、自分の仕えている主人がまだ着いていないと知った時、どう釈明しているのですか」

東吾の言葉に、源右衛門が大きくうなずいた。

「それよ、わしが一番、案じたのもその点であったが……」

源右衛門に会って、定之助がいったことによると、定之助は甲府城の勤番方の者に、自分の主人は江戸を発つに当って体調を崩し医者から少くとも三、四日は療養して様子をみるようにといわれたので、とりあえず自分を先発させたと取り繕った。

「もし、体調が元に復せば、直ちに後を追う故、道中で追いつくかも知れず、また、追いつかぬ場合は、甲府へ参って、その旨、上役にお届けせよといわれて、単身、甲府へ向ったものの、馴れない旅で足を痛め、思いの外、道がはかどらず、もしや、途中で主人が追い越して行ったかと心配しながらたどりついたと申したようじゃ」

そうしておいて道をひき返し、さまざまに探したものの、主人の消息を得ぬまま江戸まで来てしまったらしい。

「なにしろ、小林どのは道中、ほんの小出しの銭しか、定之助に持たせて居らず、そのため、江戸へ戻るに際しては、宿へ泊る金もなく、食うものにも事欠く有様であったとか。わしが昨日、会った折はげっそりとやせて半病人の体《てい》であった」

「定之助と申すのは、小林家に奉公して長いのですか」

「左様、かれこれ十四、五年にもなるか。あの者の伯父が小林家に奉公して居ってその縁で十四、五で奉公に参った。伯父のほうは間もなく病を得て故郷へ帰ったが、定之助はそのまま奉公を続けて来た。なかなかの忠義者で機転もきく。小林家では重宝して居る様子じゃ」

「独り者ですか」

「二百石の知行取に奉公していては、とても嫁を迎えるほどの給料は取れぬよ」

年頃の女中でも奉公していて、主人が許せば、夫婦になってそのまま仕えるということもない

ではないが、

「小林家の奉公人は老いた用人と五十になろうという女中、それに定之助じゃ」

女中が運んで来た酒肴の膳を眺め、早速、東吾に酌をしてもらって、源右衛門は気の毒そうにつけ加えた。

「まあ、定之助がどのように取り繕って来たにせよ、このまま、小林どのの行方が知れなければ真実が上役の耳に入るのは間もなかろう。二百石でも旗本は旗本、この御時世に潰してしまうのは惜しい。なんとかならぬものかな」

「小林参市郎どのですが、最初から家を捨てる気であったとは思われませんか」

老人に酌をし、自分も手酌で飲みながら東吾がいい、源右衛門は顔色を変えた。

「それはあるまい」

「しかし、小林家はかなり窮迫していたそうですし、長く非役のあげくに甲府へ島流しでしょう。いい加減、武士が嫌になって……」

「それはない。小林参市郎どのと申す仁は、よくも悪くも穏やかな性格でな。言葉を変えれば気が弱い。貧乏とはいえ、二百石の格式、奉公人を使っての暮しを思えば、妻子を捨て、武士を捨てる勇気はあるまい。第一、甲府勤番を仰せつかって、我が家へ挨拶に来られた時も、神妙に勤めて上役の目に止れば、次の御役への足がかりを得るきっかけにもなろうかと申して居った」

「御夫婦仲はどうですか」

「ごく当り前であろうよ。奥方は二度目じゃが、どちらかといえば地味な女子で、一廻り近くも年が違うようには見えぬ」

「器量はどうです」

「十人並かのう。所帯やつれのせいかも知れぬが……」

一本の酒でゆっくり源右衛門の相手をし、七重と花世が帰って来たのをきっかけに東吾は、なんの収穫もないまま、麻生家を辞した。

その東吾も、麻生源右衛門も全く気づかないことだったが、花世は独自に小林家について調べはじめていた。

花世が招集をかけたのは、神林麻太郎と畝源太郎の二人であった。

「お祖父《じい》様も東吾叔父様も、源太郎さんのお父様も、小林家は旗本ということで、どうしても踏み込んで、いろいろ訊ねることが出来ないみたいなのです。でも、私は喜久江さんの友達だし、喜久江さんからならばなんでも聞けます。喜久江さんの話によると、どうもおかしいと私も思います。智恵を貸してくれませんか」

と花世にいわれて、麻太郎も源太郎も即座に承知した。

三人が集る場所は深川の三十三間堂の近くにある文吾兵衛の家と決った。

「もともと、喜久江さんを私の家へ連れて来たのは文吾兵衛なのです。小林家のことについては、文吾兵衛も心配していますから……」

と花世がいうように、この江戸随一の大元締といわれる文吾兵衛は喜んで三人に協力した。

まず麻太郎の提案は、小林家の甲太郎少年が行方知れずになった日、甲太郎が何刻に屋敷を出

て、何刻まで南本所の素読の先生の家にいたか、帰って行ったのは何刻かを喜久江から訊いてもらいたいということと、

「もう一つ、小林参市郎どのが甲府へ出発した二月二十日、あの日はわたしの日記をみると前日から雨だったのですが、何刻に屋敷を出られたのか。そして、甲太郎どのの場合も同じなのですが、その時、喜久江さんはどこにいたのかを確認してもらいたいのです」

じっと聞いていた花世が麻太郎をみつめた。

「麻太郎さんは、喜久江さんを疑っているのですか」

麻太郎は花世の視線をはずさなかった。

「今のところ、なんともいえません。ただ、私達が目下、知っているのは、喜久江さんが小林家で疎外されている。未年《ひつじどし》生れの女ということで不当に嫌悪されているという点ではありませんか」

花世が唇を強くひき結び、それから小さな吐息を洩らした。

「麻太郎さんが今、お訊ねになったことなら、花はとっくに喜久江さんから聞いています」

第一に甲太郎の件だが、いつも甲太郎は五ツ半（午前九時）に屋敷を出る。

「先生の所へ行く時は、いつも出がけにぐずぐずするそうで、あの日も喜久江さんがお母様に命ぜられて送って行ったのです」

「そのあと、喜久江さんはどうしたか訊きましたか」

「屋敷へ戻って針仕事をしたと申していました。あの人、お針がとても上手なので、よく御近所

から頼まれて縫物をしています。お午《ひる》少し前に仕立物が出来上ったので本所の佐倉様へ届けに行って……佐倉様というのは喜久江さんの歿《なくな》ったお母様の遠縁に当る旗本で北割下水《きたわりげすい》の横川寄りの所にあります」

源太郎がいった。

「喜久江さんの屋敷からだと、けっこう遠いですね」

女の足だと往復に一刻近くかかるかも知れない。

「先方でお父様の甲州行きのことをいろいろ訊かれたとか。仕立代のお金なぞも頂いたそうですし……」

「で、帰って来たら、まだ、甲太郎さんが帰っていないというので迎えに行ったら、もう、とっくに帰ったといわれたのでしたね」

持って来た半紙を綴じた帳面に、源太郎は文吾兵衛から借りた硯箱の筆を取って、しきりに書き取っている。

「喜久江さんは、甲太郎さんが帰ったと聞いて、すぐ屋敷へひき返したのかな」

麻太郎の問いに花世はうなずいた。

「私には、そう申しました」

「長助があの界隈を廻って聞いて歩いたそうですが、甲太郎さんがいなくなった日の午の前後、あの附近で甲太郎さんらしい少年の姿をみた者は今のところ、いなかったと……」

ただしと源太郎がつけ加えた。

「南本所の番場町は吾妻橋に近く、また大川沿いに歩いてくれば両国橋に出ます。もし、甲太郎さんが川むこうへ行ってしまったら、どちらも繁華な盛り場ですから、ちょっと人目を惹きにくい。つまり、まぎれやすいということです」

人通りの少い道を少年が歩いていれば、誰かの目に止るかも知れないが、賑やかな雑踏の中を十歳の少年が通っても、まず、印象には残りにくいと源太郎はいった。

「ところで……」

と、考え込んでいた麻太郎が口を開いた。

「甲太郎さんがいなくなった日、小林家にいたのは、喜久江さんを除いて誰と誰ですか」

花世が即答した。

「甲太郎さんのお母様と、年寄の用人と女中、それと、甲太郎さんの弟の嶋次郎さんの四人だと思います」

「喜久江さんに訊いてみて下さい。その四人はその日、一日中、屋敷にいましたか。どこかへ出かけたとしたら、何刻頃から何刻頃までか。もう一つは、たしか若党の定之助という者が御主人とはぐれて江戸へ帰って来たのは三月九日でしたね。甲太郎さんが行方不明になったのは……」

「同じです」

ふっと花世が目を逸《そ》らせた。

麻太郎はその花世の表情を眺めたまま、話を続けた。

「では、小林家の御当主、参市郎どのが江戸を発たれた日、御家族は揃ってお見送りをしたのでしょうね」

花世の口が急に重くなった。

「喜久江さんはいませんでした。二日前に、歿ったお母様の七回忌のために、御実家の佐貫へ行ったのです」

「佐貫というと……木更津の先、上総の佐貫ですか」

思わず口走ったのは、三人のために稲荷鮨を運んで来た小文吾で、花世はちらとそっちへ目を上げてうなずいた。

「船で行ったのです。木更津までは……」

「花世さん」

源太郎が書きかけの筆を止めていった。

「喜久江さんのお母様の七回忌といいましたか」

「そう……」

「しかし、甲太郎さんは十歳の筈でしょう」

花世の目に涙が盛り上った。

「ひどいと思いませんか。喜久江さんのお母様の生きている中から、奉公していた女中に……それが、甲太郎さんのお母様なのです」

二人の少年が絶句し、小文吾が慌てて手拭を花世にさし出し、花世はそれで涙を拭き、ついでに鼻をかんだ。

六

花世は小文吾が送って行き、麻太郎と源太郎は肩を並べて永代寺門前町を歩いた。

「花世さんが泣くのも当り前ですよ」

低く、源太郎がいい出した。

「小林家の御当主は男の風上にもおけませんね。奥方がありながら、女中に手をつけて子供を生ませるとは……」

今年が七回忌ということは、二人目の嶋次郎が誕生した時も、喜久江の母は生きていたわけで、小林家は妻妾同居であった。

そういう話を源太郎も麻太郎も、これまでに耳にしたことがないではないが、いずれも世間話であまり実感にならなかった。

喜久江という友人の立場を思って泣き出した花世をみて、はじめて衝撃を受けた。

「喜久江さんの母上が歿って、女中が奥方になったのですね」

麻太郎は何もいわなかったが、武家では男児を産んだ者が強いとは承知している。女の子一人しか産むことの出来なかった喜久江の母にとって、二人も男児をもうけた女は恐怖の存在であったに違いない。

ふっと麻太郎が足を止め、源太郎を制するようにした。

「麻太郎君……」

どうかしたのかといいかけて、源太郎は息を呑んだ。

路地から風呂敷包を持った喜久江が出て来たところであった。その喜久江を待っていたように茶店のかげにいた男が立ちふさがった。

「定之助だ」

小林家の若党の顔は二人共、知っていた。花世の所へ遊びに来ていた喜久江を迎えに来て、麻生家の奉公人に丁寧に挨拶をしたり、愛敬よく話をしたりしている姿をみかけていた。がっしりした体つきで、武家奉公をしている者にしては腰が低く、柔和な感じがする。

二人がそっと眺めていると、定之助はしきりに喜久江へ話しかけながら歩いて行く。

「迎えに来たのですかね」

源太郎がいった。

「喜久江さんが持っているのは、仕立物かなにかの包のようですが……」

それを定之助が持とうと手をさしのべたのを、喜久江は無視して先へ先へと行こうとする。なんとなく二人の少年は喜久江と定之助を尾《つ》ける恰好になった。

喜久江は門前仲町から右へ折れて黒江橋を渡り、その先の富岡橋を行く。このあたり水路は複雑に交っているが、万年町からは海辺橋を越え、小名木川に架る高橋までほぼ一本道であった。

定之助は喜久江が明らかに迷惑そうなそぶりを見せているにもかかわらず、寄り添うようにしてなにやら話し続けている。決して後をふりむくことはなかったが、なにしろ一筋道なので尾けて行くほうはあまり近づけない。

「いったい、何を話しているのですかね」

高橋がみえて来て、源太郎がささやいた時、麻太郎は橋のむこうに子供連れの女が立っているのを目に止めた。

子供が走り出して喜久江へとびつくようにする。

「ひょっとすると、弟の嶋次郎どのですか」

とすれば、女は喜久江の継母のおたねに違いない。

女が喜久江に何かいい、喜久江は子供の手をひいて先に五間堀のほうへ行く。女が定之助に近づいて激しい調子でものをいうのが見えたが、声は届かない。

二人の少年が、はっとしたのは女が手を上げて定之助の頰を叩いたからで、そのまま、女はとっとと背をむけて走り出し、少し、遅れて定之助が追って行く。

麻太郎と源太郎は顔を見合せ、何か見てはいけないものを見たような気分になって今来た道を後戻りした。

翌日は麻生家での英語の学習があって、源太郎と麻太郎は連れ立って本所へ出かけた。

学習が終ると、花世の母の七重がちらし鮨を運んで来て、子供達は喜んで箸を取った。

その最中に、女中が花世を呼びに来た。

「小林様のお嬢様がおみえになりました」

といわれて、花世がすぐに立って行き、七重が、

「よろしかったら、喜久江さんにもちらし鮨をさし上げなさい」

と女中にいいつけた。

ちらし鮨は美味だったが、すっかり食べ終えても、花世は戻って来ない。やむなく二人の少年は暇を告げて麻生家を出た。

普通は大川沿いの道へ出るのに、麻太郎が逆のほうへ歩き出したのは、花世が喜久江と外で話をする時は、大抵、高橋側の空地のところだと知っていたからで、源太郎もそのつもりだったらしく、何もいわずに肩を並べる。

果して、麻生家の裏手に近いあたりに花世が喜久江と向い合っている後姿がみえた。

「行くのが嫌なら、そうおっしゃればよいでしょう」

花世が叱咤する声が聞えて、少年二人は駆け出した。

喜久江は両手を顔に当てて泣いて居り、花世は顔をまっ赤にしている。

「いやなものはいや。行きたくないなら行かないと、どうしてはっきりお母様に訴えないのですか。泣いてばかりいても、どうなるものでもないでしょう」

喜久江が顔から手を放した。

「花世さんにはわかりません。あなたのような幸せな人に、わたしの立場はわかりません」

麻太郎と源太郎の間をすり抜けるようにして逃げて行った。

「喜久江さん、どうしたのです」

麻太郎が訊き、花世は、

「あの人、奉公に行くのですって」

憮然とした表情で答えた。

「奉公とは、どこへ……」

「旗本の御隠居様で、体を悪くして寝たきりの方のお世話をする人が必要だからと……」

「しかし、父上の行方も知れないのに……」

「お父様が甲府へお発ちになる前に決めておいたのですって。それは喜久江さんも知っていたというのです」

「場所は、どこです」

「千駄谷です」

流石に麻太郎が言葉を失い、源太郎が代って訊いた。

「いったい、いつ……」

「先方から早く来てもらいたいと催促して来たそうです」

「知っているのですか、先方は。喜久江さんの父上が行方知れずという……」

「お上には、急病のため江戸で療養中とお届けを出したのですって……」

「では、甲太郎どののことは……」

「御近所には神かくしに遭ったと……若党の定之助がいいふらしているみたいです」

源太郎が絶句すると、花世は背をむけてとぼとぼと歩き出した。その後姿が麻生家の門を入るのを見届けて二人の少年は高橋の袂へ行った。

小名木川は荷舟が何艘も大川へむけて漕いで行く。

「行方不明の人を急病と取り繕って、いつまでもみつからなかったら、どうするのですかね」

源太郎が呟き、麻太郎が川の流れを眺めた。

「本当のことはいえないよ」

「生きていてくれればよいですが、もし、殺されたとなると……」

「旅の途中で何かに巻き込まれたとか、賊に殺害されたというようなことではないと思うよ。おそらく、下手人は屋敷内の者、そして、参市郎どのを憎んでいる」

「喜久江さんが佐貫へ行くとみせて、甲州へ向ったというのは……甲太郎どのの場合も喜久江さんが送って行っているのです。往きに学習が終ったら、どこかで待っているようにいいきかせておいて……」

「女一人では、無理じゃないか」

「喜久江さんに手を貸すとすると、定之助ですね。主人の供をしてついて行っているのですから……甲太郎どのの場合も、手を下したのは定之助……」

麻太郎が嬉しくない顔で少し笑った。

「実をいうと、わたしはそう考えていた。喜久江さんの身の上に同情した忠義者の若党が喜久江さんに力を貸した。どうも、花世さんもそんなふうに想像しているみたいだ。だから、心を痛めている」

「違うというのですか」

「別に喜久江さんがいなくとも、定之助一人で殺《や》れるじゃないか。わざわざ、御嶽山まで喜久江さんが行く必要はない」

「たしかに……」

「ひっかかったのは昨日なのだ。昨日、わたし達は喜久江さんを待っていて、一緒に歩いて行く定之助をみただろう」

門前仲町から小名木川の高橋へ向けて、定之助は喜久江に寄り添い、話を続けていた。

「もしも、定之助が自分のために殺人を犯したと知っていれば、喜久江さんのあの態度はおかしいと思わないか」

定之助を嫌って避けているようにしか見えなかった。

「世間体を考えたのではありませんか。自分が定之助と親しいというのを、世間に知られたくない」

「それにしても、冷淡すぎなかったか」

喜久江さんという人は芝居上手ではないと麻太郎はいった。

「いくら、廻りを気にしても、自分のために命がけになった相手に対して、すまないとか有難いとかいう気持はそぶりに出るものではないかな」

「定之助は喜久江さんを好いていて、それを喜久江さんの父上にみつかってひどく叱責されたかして……」

「主殺しの説明はつくが、甲太郎どのを殺す理由がないよ」

「昨日、喜久江さんと定之助がこのあたりまで来た時、小林家の奥方が嶋次郎どのを連れて待っていましたね。喜久江さんが嶋次郎どのと先に行き、残った奥方がいきなり定之助をひっぱたいたでしょう。あれは、家来の分際で喜久江さんに手を出すなってことですか」

突然、背後から肩を摑まれて源太郎がよろめき、麻太郎もふりむいた。

高橋のへりに寄って話に夢中になっていた二人の少年は全く気がつかなかった。いつ、花世が戻って来て、自分達の話に息を殺して聞き耳を立てていたのか、源太郎が肩を摑まれるまで、背後にはまるで神経が行き届いていなかった。

「今の話は本当ですか。小林家の奥方が、喜久江さんと一緒に帰って来た定之助をひっぱたいたというのは……」

目も眉も釣り上げられるだけ釣り上げて花世が叫び、源太郎がうろたえながら答えた。

「そうですよ。それが、いったい……」

「そんな大事なことをみていながら、二人とも、馬鹿みたい。喜久江さんがどんな男の人と歩いていようと、あのお母様が心配なぞするものですか。定之助を叩いたのは嫉妬にきまっているではありませんか」

三人の間の空気が一瞬、止った。

麻太郎と源太郎があっけにとられ、花世だけがあたり憚らぬ大声でどなった。

「人殺しは定之助です。奥方といい仲になっていて、それを御主人にみつけられそうになったかして奥方と相談した。江戸で殺すと厄介だから、旅先で油断をみすましてやったと思う。死体は山の中でも、谷底でも、御嶽山あたりなら、いくらもかくす所があるのでしょう」

「花世さん」

落着かせようと、麻太郎が制したが、花世の舌は止らなかった。

「江戸へそっと帰って来たら、奥方のほうが慌てたのね。きっと怖ろしくなって逃げ腰になった。だから、定之助は甲太郎さんを殺して脅迫したのです。今更、裏切ると、皆殺しにする」

花世の声が凄くなり、麻太郎は花世の口を押えた。

「花世さん、とにかく、家へ帰ろう」

二人の少年が殆ど全力をあげて花世をひきずるようにして麻生家の門前までたどりつくと、門から宗太郎と源右衛門が血相変えてとび出して来るのにぶつかった。

三人には何もいわず五間堀のほうへ走って行く。

麻生家の玄関では、七重が、花世を抱くようにして入って来た二人を迎えた。

「小林様で、用人と若党が斬り合っているとか……」

麻太郎と源太郎は、花世をそこへ残し、一目散に小林家へ向って走り出した。

## 七

小林家は惨憺たる有様であった。

用人の吉野群蔵は脇差で腹を突かれ、麻生宗太郎がかけつけた時、すでに瀕死の状態であったし、若党の定之助は肩先を斬り下げられ、下腹部にも傷を負って半死半生の体《てい》に見えた。

吉野群蔵は遺書を残して居り、そこには、主人の仇であるところの姦夫姦婦を討ち果す旨が記されていた。

こうなっては、もはや内聞にすますことは難しく、小林家では奥方のおたね以下、使用人三人がお上の取調べを受けて、やがて真相が審《つまび》らかにされた。

小林参市郎の後妻であるおたねは、やはり若党の定之助と間違いを犯していた。その事実を遠廻しに参市郎の耳に入れたのは用人の吉野群蔵であったが、参市郎はおたねの弁解が巧みなため半信半疑で、ただ、定之助に対しては、きびしく叱責し、甲府勤番の供をさせるよう計った。

それによって、おたねから定之助を遠ざけようとしたものであったが、離れ難い仲になっていた二人は参市郎の江戸出発が近づくにつれ、遂に彼を亡きものにする方法を考えた。

用人は、よもや二人の間にそうした企みがあるとは思ってもみなかったのだが、主人が甲府へ行く途中、行方不明になったといい、定之助が屋敷へ戻って来た時、これは定之助によって殺害されたと気がついた。

けれども、証拠はない。下手に事件が表沙汰になっては、家が断絶しかねないことでもあり、内心、胸を痛めたものの、どうしようもない。けれども、参市郎の前妻の忘れ形見である喜久江が小林家から他家に奉公という形で追い出されると知って、遂に定之助殺害を決意したが、相手は年も若く力もある。危く返り討ちになりかけた所へ麻生家の人々がかけつけたものであった。

吟味中に吉野群蔵は死に、定之助のほうは命をとりとめたものの、結局、死罪になった。

小林家は断絶し、おたねは嶋次郎と共に小林家の親類にあずけられた。

小林参市郎と甲太郎の死体は、定之助の自白した各々の場所から発見されて荼毘《だび》に付されたが、人々が驚いたのは甲太郎の死体が小林家の屋敷の床下に埋められていた点で、定之助は素読の稽古を終えて帰りかけた甲太郎をすぐ近くの多田薬師の裏へ誘い込み、くびり殺して、あらかじめ用意した行李《こうり》にかくし、背負って荒川沿いの廃寺へかくし、夜になるのを待って小林家へ行って主人の失跡を報告した。

甲太郎の死体をわざわざ小林家へ運んで床下に埋めたのは、遺体をおたねに見せるためで、花世が看破したように、夫を殺して帰って来た定之助をみて、動揺したおたねを脅すための殺人であった。

「どうも、花世さんのいった通りなので驚きましたね」

一件落着しての三月末の或る日、麻太郎と源太郎が揃って八丁堀を出たのは、木更津へ通う船で佐貫の母方の実家へ身を寄せる喜久江を見送りに来てくれと、花世から頼まれた故である。

「あの人は無類に勘《かん》がいいから……しかし、その花世さんが気づかないことがあったじゃないか」

表むき、手の出せない旗本の家の事情を、ひそかに畝源三郎が中心になって探索を続けていたことで、

「源太郎君の父上や、東吾の叔父上は最初から定之助に目をつけていらしたらしいよ」

「わたしには、なにもおっしゃらなかったのですがね」

「花世さんの祖父上《じじうえ》なぞは、定之助と小林家の奥方の間柄は少々、おかしいと思っていらっしゃったくせに、花世さんにはまるで知らん顔だったと、花世さんがむくれていたくらいだもの」

「まあ、大人はみんなそんなものですよ」

「こっちは智恵をしぼって考えていたのにな」

二人が肩を叩き合って大笑いしながら船着場へ歩いて行くと、むこうで花世が盛んに手をふっているのが見えた。

喜久江は一人ではなかった。

母方の祖父に当る人が迎えに来たもので、孫娘の見送りに来てくれた三人に対して丁寧に挨拶し、喜久江を伴って乗船して行った。

夕月が上る前に船は出るらしい。

「あたし、喜久江さんを叱ったの」

船を眺めながら、花世がいった。

「あの人が、とうとう自分はみんなに捨てられてしまったというから……」

生母に死別し、父親は新しい妻を迎えてからは、その妻と子に目をむけ、喜久江を顧みなくなった。継母は最初から喜久江に冷ややかであった。それでも喜久江にとって小林家にいれば家族があった。その家が今は潰れて消えてしまった。

「結局、いい伝え通り、未年の女が小林家に災厄をもたらすというのは本当だなんて泣くものだから、そんなことはないといったのです。小林家を潰したのは喜久江さんのお父上と後妻の奥方、それに若党の定之助だとはっきり分っているのに、どうしてそんな所に未年の女なぞ持ち出すのかと……」

麻太郎がうなずいた。

「その通りだ。喜久江さんに罪はない。第一、みんながみんな、喜久江さんを捨てたわけではない、花世さんは最後まであの人の友達として、あの人のことを心配した。それに、佐賀からはちゃんとお祖父さんが迎えに来てくれた」

花世がこの頃、おぼえた口笛を吹いた。

「麻太郎さんも源太郎さんも見送りに来てくれたし……」

空に薄く姿をみせはじめた月を眺めて続けた。

「でも、あたし、今度、考えました。女でも人のいいなりにならず、自分の力で一生を生きて行くためには強くならなければいけないと……喜久江さんにいわれたように、あたしは今は幸せに違いないけれど、人の幸せがいつまで続くか、神様だってわからないでしょう。一生の中には人にもいえない悲しいことや、苦しいこと、つらいことが次々とふりかかって来ることもある。その時、喜久江さんみたいにびしょびしょ泣くのは嫌だと思っています。だから、花は剣術を習って、もっと強くなって、一人で生きて行けるようになりたいと考えています」

源太郎がぎょっとして訊いた。

「剣術を習って強くなっても、女の人は仕官は出来ませんよ」

「用心棒になります」

ええっと声を上げた源太郎に笑いながらいった。

「お金持の商家では泥棒の要心に用心棒が入用でしょう。用心棒になればお金が頂けますし、暮して行けるでしょう」

船が動き出していた。花世はそれに合せて河岸を歩き出している。

「花世さんは不思議なことを考える人ですね」

源太郎が呟いた。

「普通、女の人は一人で食べて行くとしたら、琴のお師匠さんとか、茶道を教えてとか、お針をしたりと考えるものではありませんか」

麻太郎は笑いながら、花世の後を追った。

花世が琴も茶道も縫物も苦手なのを麻太郎は知っている。

「女の用心棒なんぞ、やとってくれる所はないですよ」

源太郎がぶつぶついいながら、麻太郎に続いた。

江戸の晩春、夕空は海のむこうまで晴れ渡っていた。

# 清水屋《しみずや》の人々《ひとびと》

## 一

春の名残りのような細かく烟《けむ》る温かな雨が降り続いて三日目、軍艦操練所から帰って来た東吾が「かわせみ」の上りかまちで、番頭の嘉助と立ち話をしていると、暖簾のむこうに女の声がして傘をつぼめる気配がした。

「ああ、お戻りのようで……」

土間にいた嘉助が素早く内側から暖簾を分けて顔を出したのは、木挽町《こびきちょう》の茶の湯の師匠、寂々斎楓月の所へ出かけて行ったるいが、ぽつぽつ帰って来る時刻であったからだが、そのるいは一人ではなかった。

髪も着ているものも、すっかり濡れそぼった女を支えるようにして入って来ると、

「番頭さん、お吉を呼んで下さい」

るいから受け取った風呂敷包と傘を手に後に続いた嘉助にいいつける。

嘉助が心得て台所へとんで行き、るいは漸《ようや》く東吾に気がついた。

「貴方、お帰りでしたの」

留守にして申しわけございません、といいかけるのを東吾が制した。

「いったい、どうしたんだ」

そこへお吉がとび出して来た。

「御新造様、お帰りなさいまし。あら、若先生、ちっとも気がつきませんで……」

「いいから……」

と、るいが叱った。

「こちらをお部屋へ御案内して……」

連れて来た女にいった。

「少し、横におなりなさって……すぐ、お召しかえをお持ちしますから……」

嘉助が女を支え、お吉があたふたと先に立つ。

出迎えに顔を出した女中達に火鉢に炭をおこして運べとか、湯をわかしてこんにゃくを温めるようにと指図をし、るいは居間へ行って自分の浴衣と袢纏を出して客間のほうへ走って行く。

東吾はやむなく、大刀を下げて居間へ行った。刀掛に大小をかけ、さっき嘉助がざっと手拭でしめり気を拭ってくれた袴を脱いでいると、るいがやって来た。

「放ったらかしにしてすみません。あちらの様子があまりひどかったので……」

今、若い者を近所の医者へ走らせたという。

「病人なのか」

「それが……」

少し、ためらって続けた。

「妊《みごも》っていらっしゃる御様子なので……」

乱れ箱をひき寄せて東吾の着替えを手伝おうとする。

「俺は自分でするよ。るいこそ、だいぶ濡れているぞ」

連れて来た女ほどではないが、肩先や裾のあたりがしっとりしている。

るいが離れに着替えに行き、東吾は手早く女房が広げてくれた薩摩絣《さつまがすり》の袷《あわせ》に袖を通した。

お吉がやって来たのは、東吾が帯を結び終えた所で、早速、脱ぎ捨てられている袴や着物を衣《え》紋《もん》掛にかけてから、長火鉢の所へ行って茶の仕度をする。

「御新造様がお連れなさった方ですけれど、清水屋さんの若いお内儀《かみ》さんなんでございますよ」

るいのいる離れのほうを気にしながらいいつけた。

「清水屋とは、なんの店だ」

「向島の鯉料理の店でございます。武蔵屋や大七ほど大きくはございませんが、知る人ぞ知るっていうような名のある店で……」

湯呑を受け取って、東吾が目を丸くした。

「うちの内儀さんは楓月先生の所へ出かけたんじゃないのか」

今朝、東吾が出かける前に、茶事の打合せで木挽町まで行くと、東吾にことわりをいっていた。

「左様でございます。千春嬢様は畝様の所のお千代様とお琴の稽古をなさるとかで、千春嬢様を畝様へ送られまして……」

「源さんの所の内儀さんと木挽町へ行ったんだろう」

畝源三郎の妻のお千絵も、寂々斎楓月の弟子である。

「それがどうして向島の……」

「あちら様も、楓月先生のお弟子なんです」

なんだという顔をした東吾へ声をひそめた。

「あちらが、うちの御新造様におっしゃったんでございます。このままだと、自分は殺されると……」

「なに……」

廊下を戻って来るるいの姿がみえて、お吉はさも用ありげに居間を出て行った。

「驚いたな。お茶を習いに来る人間の中にも殺人鬼におびえる奴もいるのかい」

長火鉢の前にすわったるいに東吾が苦笑し、るいは僅かばかり眉を寄せた。

「お吉が申しましたのでしょう」

「清水屋の内儀さんは、いったい、誰に殺されるといっているんだ」

「あちらの考えすぎだと、お千絵様もおっしゃっているのですけどね」

お吉のいれて行った茶を一口飲んで、こめかみへ手をやった。

「お千絵様も私も姑に仕える苦労をして居りませんでしょう。ですから、えらそうなことは申せません」

「清水屋の姑は嫁いびりが凄いんだな」

「あちらのお姑さんも、楓月先生の所の古いお弟子さんなんですの。御年配の方々はよくお嫁さんの愚痴をいい合ってお出《い》でですけど……」

「そういやあ、婆さんの寺詣りは嫁の悪口の捨てどころだとかいう狂歌だか川柳だかがあったろう」

「殿方はそんなふうに茶化しておしまいになるけれど、当事者にとっては笑い事ではすまされないもののようですよ。一つ間違えば地獄をみることになりかねないとよく聞きますもの」

「そりゃあ、男だって知らぬ顔の半兵衛じゃすまねえよ。嫁さんと姑が派手に角突《つのつ》き合いを始めりゃあ、とばっちりはすぐ男のほうへやって来る。舅《しゅうと》が嫁さんをかばえば婆さんは鬼女になる。嫁さんの亭主が、まあ俺のお袋のことだから我慢してくれなんぞと手を合せりゃあ女房は半狂乱だろう。どっちにしたって、男は居たたまれねえ。大体、男が家を留守にして博打《ばくち》に凝ったり、岡場所の女に入れあげたりするのは、嫁姑の折り合いが悪いからというのが世間の相場さ」

「うちの旦那様は、なんでもよく御存知でいらっしゃいますこと」

るいがつんとした時、お吉が呼びに来た。

「麻生宗太郎先生が来て下さいました」

るいが慌てて出て行くと、宗太郎はもう梅の間で病人の脈をとっていた。

「こんにゃく療法がよかった。心配はありませんが、もう少し休ませたほうがいいでしょう。今、お吉さんに薬を煎じてもらっていますから……」

病人の肩へ布団を掛け直して部屋を出て行った。そのまま、勝手知った居間へ入る。

「八丁堀の高橋宗益先生の所にお邪魔していたのですよ。ここの若い衆が宗益先生の代脈を呼びに来たので、それならわたしが行ったほうがよかろうとやって来たのです」

東吾が次の間から持って来た座布団に行儀よくすわって鉄瓶の蓋を取った。

「いい具合に湯が沸いているようですが、東吾さん、客用の茶碗がどこにあるかわかりますか」

「それくらい、俺だって知っている」

「茶は自分でいれますよ。東吾さんがやると旨い茶もまずくなる」

「勝手にしろ」

宗太郎用だと、るいが決めている筒茶碗を東吾が茶簞笥から取り出すと、宗太郎は器用に茶をいれて、満足そうに飲んでいる。

「茶菓子はないのですか」

「饅頭があるよ」

「願わくは、催促しない中《うち》に出して頂きたいものですな」

「女どもが、酒の仕度をしてくるよ」

「酒の前の饅頭も悪くないものです」

「わかった。好きなだけ食え」

菓子の鉢をおいてやって、東吾が訊いた。

「清水屋の女房は大丈夫なのか」

「妊って三カ月ぐらいだと、ちょっとしたことでも流産しかねないものですが、おるいさんのこんにゃく療法で体が温まったのがよかったのでしょう。今のところ、落着いています」

「なんだ。こんにゃく療法ってのは……」

「知らないのですか、熱くしたこんにゃくを手拭なんぞにくるんで患部をそっと温める。今日のように雨に濡れて体が冷え切った場合なんぞにもよいのです。もう一つ、昂《たか》ぶった神経を鎮める効果もあります」

饅頭を食べ、茶を飲んでいる宗太郎を眺めて、東吾は苦笑した。

「そういやあ、殺されるとかいってさわいでいたらしいな」

「お姑さんが満座の前で自分に恥をかかせたといって雨の中をとび出したというのは相当に逆上していますよ。おるいさんが追いかけてくれたからいいようなもので、さもなければ、お腹の赤ちゃんを失うことになったかも知れないのです」

障子が開いて、るいが女中達にお膳を運ばせて入って来た。

「申しわけありませんでした。わざわざお運び頂きまして……」

病人は薬湯を飲んだら、すぐ眠ったといった。

「お吉がついて居りますので……」

前におかれた膳の上を眺めて、宗太郎が声を上げた。

「これは凄い。初鰹ですね」

「今年はいつもより早く出廻ったせいでしょうか、もう値が落着きましたの」

長火鉢のほうへ廻って徳利を銅壺《どうこ》に入れるのを見て、東吾がいった。

「みろ。だから、饅頭なんぞ止しとけばいいのに……」

「かまいませんよ。朝飯のあと、なにも食べていないのですから……」

「名医はいつも空腹なんだな」

笑い合いながら盃を取り上げたところへお吉が来た。

「あの、先程、うかがいましたんですけど、清水屋のお内儀さん、今朝から何も召し上っていらっしゃらないとか。今はよく眠ってお出でですけど、お目がさめたらお粥のようなものを用意しておいたほうがいいかと思いまして……」

宗太郎がうなずいた。

「そうしてあげて下さい。おそらく、悪阻《つわり》で食べられないのだと思いますが、少しでも口に入れないと……」

お吉が大きく手を振った。

「それが……あちらのお姑さんがどうせ戻してしまうのだから何も食べないほうがいいとおっしゃったんですと……」

「お吉……」

るいに睨まれて、お吉は首をすくめて出て行った。

「清水屋の姑さんと嫁さんは相当に険悪な仲のようですね」

東吾に酌をしてもらいながら、宗太郎が困ったように話し出した。

「実は、向島の清水屋については、少々、耳に入っているのですよ」

向島といっても、小梅村の中で、この節、汁粉で評判になっている小倉庵という料理屋があるのだが、

「そこの女隠居が昨年の冬、風邪をこじらせて危く死にかけた。つまり、肺に炎症が起ると危険な状態になるのです。手前が知人から頼まれて治療に当り、まあ、なんとか命を取りとめました。以来、家族が具合が悪くなるとすぐに使が来る。まあ、手前にとっては良い患家《かんか》なのですが、清水屋というのは、その小倉庵の向い側に店があるのですよ」

近所ではあり、両方とも料理屋ということで、少々のつきあいがあるらしく、よく噂話を聞かされる。

「今、梅の間で寝ているのは、おきよさんといって、清水屋の三代目清七の女房で夫婦の間に二人、子がいます」

上が清吉といい、十歳、妹がおきみで八歳。

「この清七というのは、二代目の清七、今は隠居して清兵衛と名乗っていますのの甥に当り、養子です。従って養母に当るおもと婆さんには遠慮があって何もいえない」

東吾が自分の膳の上の鰹を宗太郎の空《から》になっている皿と取りかえてやりながらいった。

「三代目の内儀さんはどこから嫁に来たんだ」

新しい鰹の皿に早速、箸をのばしかけた宗太郎が目を細くした。

「東吾さんはやっぱり、そっちに気が廻りましたか」

両国の水茶屋で働いていた娘だと教えた。

「今でこそ所帯やつれがしていますが、十何年前はなかなかの愛敬者で人気があったそうですよ」

「よく清水屋が夫婦にしたな」

「おもと婆さんは大反対でしたが、清兵衛旦那は遊び人で、粋なところのある男ですし、まあ、自分の甥のことなので、いろいろと取りなしてやって二人を一緒にしたと聞いています。もっとも、祝言をあげた時には、もう上の子が生れていたといいますから」

「かわいい坊やさんなんですよ。一度、おきよさんがお稽古につれて来たことがあるのですが、ききわけがよくて、しっかりしていて……」

二本目の徳利を銅壺から取り出しながらるいがいった。

「おもとさんも二人のお孫さんはかわいがってお出でのようですけれど……」

「嫁憎さだけは変らねえってことか」

「しかし……これは小倉庵で聞いた話ですが、清水屋は二代目清七、つまり清兵衛旦那の時にひどく人気が落ちて店が左前になりかかったというのですよ。それをたて直したのが今の清七で、実際、三代目の庖丁さばきはなかなかのもので、三代目が板場を仕切っているからお客がやって来るといわれています」

「そうか、それで嫁さんは気が強いってことだ」

自分の亭主が清水屋を支えているという気持があるから、姑に負けていない。

「気の毒なのは清兵衛旦那で、若い夫婦には頭が上らない、自分の女房は押え切れない、向島ではすっかり男を下げています」

ただ、今度のようなことがあって、おきよが流産でもするとよろしくないと宗太郎は医者の顔になった。

「折角、この世に誕生しようという幼い命を奪ってしまうというのは許せませんよ。仮にも、その子にとって母であり祖母である人間が、それをやったら救いはありませんからね」

五本の酒を男二人で飲み、宗太郎が満腹した頃に、お吉が顔を出した。

ひとねむりしたおきよは白粥で軽い食事をすませ、駕籠を呼んで向島へ帰るといい出しているという。

「では、わたしが送って行きましょう。清水屋の家族に、おきよさんの体は今が一番大事な時だとよく話をしておきます」

外は雨がやんでいた。

大気には温かさが戻っていて夜空は雲が切れはじめている。

「明日は天気になりそうですね」

前の駕籠におきよを乗せ、後の駕籠に自分が乗って「かわせみ」から帰って行く宗太郎を、東吾はるいや嘉助と共に見送った。

「あいつの面倒見のいいのは筋金入りだが、考えてみると名医というのも楽ではないな」

呟いて家へ入りながら東吾は改めて、るいに訊いた。

「清水屋じゃ、姑と嫁と、二人共、楓月先生の弟子なのか」

るいが視線を伏せた。

「おもとさんはもう二十年も前から……おきよさんは清水屋の嫁として茶道の心得がなくては、というので、二年ほど前に入門なさったのですけれど……」

「なにも、同じ師匠につくことはないだろう」

茶道を教える師匠は寂々斎楓月一人ではなかろうという東吾に、るいは口ごもった。

「それはそうですけれど……」

老女と呼ばれる年配の弟子の中には稽古に来るのだか、嫁の愚痴をいいに来るのかわからないような手合もいる。

清水屋のおもとがさんざん嫁の悪口を並べたてたあげく、それでも気がすまなくて、おきよに稽古をするよう強要し、初心者がしくじりをするたびに、仲間と一緒に大笑いして溜飲を下げているのを、るいは知っていた。

るいだけではなく心ある茶道仲間はみな、眉をひそめ、内心、顰蹙《ひんしゅく》していた。

だが、そういった女の世界のいやな部分を夫に話そうとは思わなかった。

夫にそんなことが面白くて稽古に通っていると思われたくなかったし、なにより、茶道を貶《おとし》めるような気がして嫌であった故である。

東吾は東吾で、なんとなくそうしたるいの心情がわかったので、その件についてはもうなにもいうまいと思った。

いい具合に畝家へ琴の練習に行っていた千春がお千絵母子に送られて帰って来て、「かわせみ」はいつものような賑やかな宵景色を取り戻した。

## 二

次に東吾が清水屋の嫁姑についての話を耳にしたのは八丁堀の道場で子弟に稽古をつけての帰り道、組屋敷の中で畝源三郎の妻のお千絵に出会ってであった。

「先だっては、清水屋のおきよさんがとんだ御厄介をおかけ致しまして、申しわけございません」

と同門の立場で詫びたお千絵に、東吾は軽い気持で、

「その後、清水屋の嫁姑は相変らず楓月先生の所へ稽古にうかがっているのですか」

と訊くと、

「それが、楓月先生から暫く稽古を遠慮するようにとお話があったとか」

どこか安心したような表情をみせる。

「成程、謹慎というところですか」

「あまりおおっぴらに嫁姑の確執を稽古所へ持ち込まれるのは困るとおっしゃる御門弟もありますので……」

「それはそうでしょう」

「楓月先生は御存じなかったので、随分、驚かれた御様子でしたの」

「師匠の耳には入っていなかったのですな」

「皆さん、気をつけていましたし、清水屋さんも先生の前では神妙でしたもの」

「猫をかぶっていたと……」

東吾が笑い出し、お千絵も笑った。

「ですから、おるい様にもその旨、お伝え下さいまし」

「るいは知らぬのですか」

「あれ以来、お稽古にみえませんの。もっとも、私も今日、うかがって初めて知りましたのですけれど……」

「そうですか」

「来月早々にお茶事がありますの。その打合せもございますから、次のお稽古にはどうぞお運び下さいと、お師匠様からの御伝言でございます」

「承知しました」

「ごめん遊ばせ、旦那様をお使にして」

「なんの、毎度のことで……」

「まあ」

お千絵が若々しいそぶりで、袖をふり上げ、東吾は逃げ出した。

で、「かわせみ」へ帰って来てるいにその話をすると、

「今日、楓月先生の所からお使がありましたの。そのことはうかがって居りますけれど……」

どこか気がかりな様子をみせた。

「お千絵様は今度のお茶事の場所について何かおっしゃっていませんでしたか」

と訊く。

寂々斎楓月は年に何回か、弟子達を集めて茶事の催をするのだが、東吾が知っているのは御殿山の紅葉の頃の茶会ぐらいのものであった。

「いつも紅葉ではなんですから、今年は堀切の菖蒲に出かけて、牛の御前《ごぜん》の隣の貸席で初夏のお茶を楽しみましょうと先生がお決めになったのですけれど……」

女房の屈託の理由が東吾にはわからなかった。黙っていると、るいが低く教えた。

「お近いでしょう。清水屋さんの所と……」

たしかに、向島の内であった。稽古を遠慮するようにといわれている清水屋の嫁姑は、茶事にも出席出来ない。

「仕方がないだろう。向島で茶会をするというのは、前から決っていたのだろうし……」

「ええ、でも、少し、気になりますの」

といって、今から他の場所でと提案するのも如何かとるいはいった。

「楓月先生はおおらかなお方なので、あまり細かなことにはこだわらないと思います」

とにかく、次の稽古の時に、様子をみて相談をするつもりだと、るいはその話を打ち切ったの

だったが、いざ、その日になってみると、高弟達は誰も清水屋のことなど気にもしていない。楓月はもう茶事のことしか考えていなくて、久しぶりの夏手前《なつでまえ》になるので、茶道具は何がよろしかろうと、一々、蔵から運び出させては点検に余念もない。

たしかに、今から貸席のほうを断るのも大変であるし、急遽、どこかへ変えるといっても都合のよい場所が思いつかない。

るいは胸の内にある小さな不安を飲み込むようにして、当日を迎えた。

あらかじめ申し合せが出来ていて、高弟の何人かは木挽町の寂々斎楓月の家へ行き、楓月と共に駕籠を連ねて向島へ行く。

大方の門弟は直接、堀切村へ集って楓月の到着を待ち、うち揃って花菖蒲を見物した。

堀切村は百姓伊右衛門が植え込んだという花菖蒲の名所で、今が盛り、薄紫、濃紫の花々には源氏物語や芝居の助六にちなんだ名がつけられているのもあって女客を喜ばせている。

ひとしきり花菖蒲畑の間の小道を歩いてからすぐ西側の水神の森へ出て梅若塚のある木母寺《もくぼ》の境内の茶店で一休みし、それから向島の堤を大川に沿って牛の御前の方角へ向った。

この道は桜並木だが、花はとっくに終っていて梢の枝には若葉が芽吹いている。

「向島は今頃が一番よろしゅうございますね」

楓月を取り巻いている高弟達が口々にいうように、桜の季節ほど人の混み合うこともなく、吹く風はさわやかで、大川の水面《みのも》に照り返す夏の陽が目に快い。

女ばかりの、それも老齢を含む一行のことで、そぞろ歩きはまことにのんびりしたものであったが、やがて桜餅で有名な長命寺を過ぎると牛の御前の木立がみえて来る。

牛の御前の名は、昔、牛島の出崎にあったので、牛の御崎《みさき》といったのを、崎を前《さき》と書くことから読み違えて牛の御前となったといわれている。古くからの本所と牛島の鎮守で、別当は牛宝山明王院最勝寺、社地は九百十六坪、祭神は牛頭《ごず》天王と姫本御前の夫婦の神という。

楓月が茶席を設ける貸席は牛の御前の先だが、少々、時刻も早いので、ついでといっては申しわけないといいながら、最勝寺へ寄って参詣して行くことになった。

すでに貸席のほうは、昨日、門弟達が茶道具なぞを運び込み、準備はすっかり整っている。

最勝寺の別当職と楓月は顔見知りで、今日の茶会にも招きを受けている。その別当職が社殿の前へ出て来て楓月に挨拶をし、門弟達は楓月の背後に足を止めて別当職から牛の御前の由来を聞いている。

「おるい様」

門弟達の一番後にいたるいにお千絵がそっと声をかけた。手に包を持っている。

「長命寺の桜餅を少し、求めて参りましたの。茶事のお菓子は用意してありますけれど、土地の名物も悪くはございませんでしょう」

ささやかれて、るいもうなずいた。

「私達、一足お先に参りましょうか」

「そうですね。なにか手落ちがあるといけませんから……」

二人が目立たないように境内を戻りかけた時、女が社殿への道を入って来た。

先に立つのは清水屋のおもとで、片手で嫁のおきよの袖を摑み、ずるずると力まかせにひきずるようにして楓月達のいるほうへ近づいて行く。

るいとお千絵が思わず立ちすくんだのは、おもとの形相があまりにもすさまじかったからで、

「お師匠様、お師匠様」

と楓月に呼びかける声も異常であった。

門弟達はあっけにとられ、楓月と別当職がふりむいた。その前に、おもとは必死で抵抗するおきよを突き出すようにして仁王立ちになった。

「どうぞ御師匠様、この性悪女を破門にして下さいまし。このろくでなしのおかげで私はとんだ恥をかきました。もう、堪忍がなりません。どうぞ、お師匠様、存分にお仕置をして下さいまし」

楓月が絶句し、門弟達も言葉を失った。

どうみても、おもとの様子は狂気であった。

「おもとどの」

気を取り直したように、楓月が呼んだ。

「落着きなされ。私にはおきよどのを破門するいわれもなければ、まして仕置をする理由もない。何をいったい血迷って……」

「それ、みなされ」

半分、ひき千切られている袖を押えて、おきよが叫んだ。

「お前様は気がおかしい。性悪女はお前様じゃ」

「なんじゃと……」

「お放し……放せったら……」

おきよが自分の袖をもう一方の手で摑んで、ぐいと引き、よろけたおもとが両手でおきよの胸を突きとばした。

袖が切れ、おきよは参道の石畳に叩きつけられた。

「なにをなさる」

別当職がおもとをおさえつけ、るいとお千絵がおきよを抱き起した。

「誰か、清水屋さんへ行って、おつれあいを呼んでおいで……」

楓月の声に若い弟子がぱっとかけ出して行く。さわぎを聞きつけて社殿のほうから僧侶がとび出して来た。

おもとは、けもののような声を上げ、別当職はほとほともて余した。

三

向島での茶事は惨憺たる結果になった。

清水屋からは、おきよの亭主の清七が店の者達とかけつけて来て、別当職や楓月に詫びをいい、おもととおきよを連れて行ったが、楓月は勿論、弟子達も、もはや茶事を催すような気分ではなく、とにかく貸席屋へ行って用意された昼餉《ひるげ》の膳についたが、誰も食欲を失っていて、そのままお開きとなった。

楓月を帰し、門弟達もひき取らせて、るいが中心になって何人かの門弟と茶道具などの片付けをすませたのは夕暮に近かった。

「そりゃあ、とんだことだったたな」

疲れ切って帰って来たるいから一部始終を聞いて、東吾は女房をいたわったが、るいの着替えを手伝っていたお吉は忿懣《ふんまん》やる方なくて、

「いったい、清水屋の姑さんは何を考えているんですかね。仮にもお茶を習っている人が大事なお茶事の日に、そんなろくでもないことをいって来るなんて、正気の沙汰とは思えませんよ」

と目を怒らせる。

「それにしても、清水屋の嫁姑は、稽古を差し止めになったってのに、よく、牛の御前の隣で茶会があるのを知ってたな」

東吾が不器用な手つきで女房のために茶をいれてやりながら訊いた。

「お茶事のことは、おもとさん達が稽古を遠慮するようにといわれる前から決っていましたもの。それに、お弟子さんの中には清水屋さんへ行って、ああでもない、こうでもないと告げ口する人もいるみたいですから……」

「おもと婆さんの友達か」

「おもとさんの肩を持つだけならまだしも、同じ人が、おもとさんのいない所で、おきよさんにあなたの姑は全くひどい女だなぞと同情してみせるのですって」

今日の出来事があって、弟子達の間でそういった噂がいっせいに噴き出したとるいは歎いた。

「お千絵様も私も、つくづく情なくなりました」

「女子と小人は養い難《がた》しさ」

「私達のことですか」

「うちの内儀さんとお千絵さんは別っこだよ」

東吾が首をすくめ、お吉が真面目な顔をした。

「女が三人寄ると姦《かしま》しいってことでございますか」

「うちは内儀さんとお吉と千春が三人揃っても姦しいということはないがね」

「よしなさい、お吉。旦那様の冗談につき合っていると、きりがありませんよ」

るいが片目をつぶってみせて、お吉は片付けた衣類を乱れ箱に入れて離れに運んで行った。それを見送りながら、るいが独り言のように呟いた。

「お千絵様がおっしゃいましたの。おもとさんとおきよさんのこと、なんだか心配だと」

今日の出来事で、嫁姑の仲が一層、こじれるのではないかと、るいも考えている。

「おもとさんと親しい門弟の方々が、今日、帰りに清水屋さんへ様子をみに行くといっていましたから、いずれ、皆さんの耳に入るのでしょうけれど……」

楓月のことが気がかりだが、当分、木挽町の稽古所へ顔を出したくないといいかけてるいが立ち上ったのは、帳場のほうで千春と麻太郎の声がしたからである。

今日、千春は麻太郎が迎えに来て、八丁堀の神林家へ飾りつけの出来た五月人形を見に行っていた。

「お母様、神林の伯母様が、柏餅をこんなに沢山下さいました」

嬉しそうな千春の言葉が聞えて来て、東吾も帳場に続く廊下口をのぞいてみた。

千春を送って来たらしい麻太郎がまだ帳場のあたりにいるかと思ったのだが、すでに帰ったらしく姿がなかった。暖簾のむこうでるいや千春、それに嘉助が何かいっているのは麻太郎を見送っているものと見える。

東吾はゆっくり居間へ戻った。

それから十日ばかりが過ぎて、お千絵が「かわせみ」へやって来た。

「今日、木挽町へうかがいましたら、楓月先生が途方に暮れてお出でで、おるい様に相談したいが、如何なものかとおっしゃるので、知らぬ顔も出来なくなりまして……」

気の重い表情をしている。

「清水屋さんのこと、お耳に入っていますか」

やはり、そうかと思いながら、るいはかぶりを振った。

「いいえ」

あれ以来、向島へ出かける用事もなかったし、噂を聞く機会も持たない。正直の所、あまりかかわり合いになりたくない気持でもあった。

「清水屋さんの若夫婦、清七さんとおきよさんですけれど、向島のお店を出て行く決心をなさったとか。その理由というのが、あのあと、おきよさんが流産をなさって……」

流石《さすが》に、るいは息を呑んだ。

いつぞやの雨の日のことといい、この前の牛の御前のおもとの振舞をみていて、そんな結果になりはしないかと不安に思ったものの現実にそうなったと聞くと胸が痛んだ。

「赤ちゃん、駄目でしたの」

「おむかいの小倉庵に麻生宗太郎先生が来ていらして、知らせを受けてすぐかけつけられたそうですけれど、その時はもう……」

一つ間違えば、おきよの命も危かったらしいとお千絵は怖ろしそうに話した。

「おきよさんがどうしても清水屋さんにはいたくないと、昔の傍輩《ほうばい》が回向院裏に住んでいるので、とりあえず、そちらに身を寄せて養生しているようです」

流産の原因は九割方姑にあると清水屋の誰もが思っているので、おきよの言い分を止めることが出来なかったらしい。

「それで、清七さんがおきよさんと子供達をつれて清水屋を出るというのですか」

「おきよさんが強くいったからでしょうけれど、清七さんにしても自分の子供を失ったわけですものね。それに、清七さんほどの腕があれば、どこでも働く場所はあるということなのでしょう」

二代目清七の代に傾きかかった清水屋を自分の腕で立て直した評判の板前でもある。

「でも、そうなったら清水屋さんはどうなるのでしょうね。余程、腕のいい板前さんでも来なかったひには……」

「おもとさんの御亭主の清兵衛さんが昨日、楓月先生の所に頭を下げて来たのですって。なんとか、先生からおもとさんとおきよさんに今までのことは水に流して仲直りをするようお口添えを願いたいと……」

「それはもう無理でしょう」

思わず、るいがいった。

「赤ちゃんのことがなければともかくも……」

お千絵が少し早口になった。

「今朝、また、清兵衛さんから使が来たそうで……今日の午すぎ、おきよさんが身の廻りのものを取りに清水屋へ来るので、なにとぞお出で頂きたいと……楓月先生が困り切っていらして、一人ではなんだから、おるい様に一緒に行って頂けないかと……」

「なんですって」

「私、おやめなさいませと申しましたの。でも……」

廊下を嘉助が来た。

「只今、楓月先生がおみえになりましたが……」

わあっと声を上げてお千絵が立ち上り、やむなく、るいは帳場へ出て行った。

楓月は老いの目に涙を浮べていた。

「おるい様、お千絵様から聞いて下さいましたか」

上りかまちに立って、るいの手を取った。

「私、決しておもとさんとおきよさんを説得出来るとは思って居りません。どう考えても今更、何をいっても無駄と承知して居ります。ただ、仮にも師と呼ばれ、弟子と思ったお二人のために、申し上げられるだけのことは申さねばならないと思いました。それだけのために清水屋さんへ参ります。どうぞ、おるい様、一緒に行って下さいまし。この通り、お願い申します」

るいが慌てて遮《さえぎ》った。

「私には、とてもつとまりません。どのように申せばよいのか……」

「何もおっしゃらずに、ただ、私の傍についていて下さるだけでよろしいのです。私の支えになって頂ければ……」

楓月の目から涙が流れ出して、るいはどうしようもなくなった。

「では、お師匠様のお供を致します。本当になんのお役にも立ちませんけれど……」

「おるい様、ありがとう存じます」

楓月が手を合せ、るいはそのまま、嘉助が出して来た草履へ足を下した。

「旦那様がお帰りになったら、このことをお知らせして……」

嘉助と、あたふたと千春の手をひいて台所から出て来たお吉にいいおいて外へ出ると、駕籠は二挺、最初から楓月はなんとしても、るいに行ってもらう気で木挽町を出て来たものだ。

「おるい様、申しわけありません」

お千絵が泣き出しそうな顔で頭を下げ、駕籠はその前を通って永代橋へ向った。

向島の清水屋は表が閉っていた。

店は本日休業といった感じである。

どこから入ったものかと、るいがあたりを見廻していると、

「おるいさん」

道の反対側から明るい声が聞えた。

薬籠を提げて麻生宗太郎が小倉庵の前に立っている。

「清水屋へ来たのですか」

楓月に会釈をして、るいへ訊いた。

「楓月先生のお供をして参りましたのですけれど、表は閉っていて……」

「住居はその脇の道を入ったところに木戸がありますよ」

先に立って路地の入口を教えた。

「わたしは小倉庵の隠居が脚気の気味なので様子をみに来たのです」

るいと楓月が木戸を開けるのを見送って小倉庵のほうへ戻って行った。

その宗太郎に礼をいい、木戸を開けて入ると飛び石伝いに内玄関が見える。

るいが先に進んで玄関を開け、案内を乞うた。

返事がなかった。

「お留守でしょうか」

楓月はいったが、るいは部屋の中に人の気配を感じていた。それも、なんというかひどく忌まわしい雰囲気である。

無意識にるいは身がまえていた。

「もし、ごめん下さいまし」

二度目に声をかけたとたん、異様な物音がした。

とび出して来たのは少年で、着衣が赤く見えたのは血と気がついて、るいはかけ上った。

「助けて……」

少年がるいにすがりつき、それを追うように老人が姿を見せた。

「清兵衛どの」

楓月が叫び、るいはその老人を背中から羽交い締めにしている男に気づいた。男の全身は蘇芳《すおう》を浴びたようになっている。

「放せ」

清兵衛が男をふり払い、右手の出刃庖丁をふりかざして少年へ襲いかかる。るいは少年を突きとばし、辛うじて清兵衛の利き腕を摑んだ。

「何をなさいます。狂われましたか」

清兵衛がもがいた。

「放せ。清水屋はもうおしまいだ。わしが皆殺しにする。放せ、放せ」

「お父っつぁん」

男が清兵衛の足にしがみついた。

「やめてくれ。孫がかわいくないのか。清吉はお父っつぁんの孫だろうが……」

清兵衛が足で男を蹴った。

「みんな殺してやる。一人残らずあの世へ送って俺も死ぬ」

るいに利き腕をおさえられたまま、板戸に体当りした。はずみでるいは土間にころがり落ちる。はね起きて、手にさわったものを握りしめた。心張棒であった。

るいの手がしなって、心張棒が清兵衛の足を払った。よろめいて倒れる間に、るいは清吉を背後にかばい、心張棒を正面にかまえた。

「どけ、俺の孫だ。生かすも殺すも俺の勝手だ」

「なりません」

凛《りん》とした声が、清兵衛へ叩きつけられた。

「あなたの子も、孫も、あなたのものではございません。みな、大事な生命《いのち》です。なにを血迷ったか存じませんが、死にたければあなた一人で死になさい。道づれは許しません」

楓月の知らせでかけつけて来た宗太郎がみたのは、まさにその時のるいの様子であった。髪はくずれ、衣紋も乱れた姿ながら、少年を守って、悪鬼と化した男に対して一歩も退かないという気迫が、小柄で華奢なるいを百戦錬磨の武芸者に見せている。

「わたしとしたことが、危く腰を抜かしそうになりましたよ。あの時のおるいさんといったら、その昔の巴御前もかくやという女丈夫ぶりでしてね」

後になって宗太郎が真底、驚いたと感心し、それを聞かされるたびに東吾は、

「何をいってやがる。そもそも、うちの内儀さんが清水屋へ入って行く時、一緒について行って

くれりゃあ、るいだって怖い思いをしなくてすんだんだ。全く、友達甲斐のない野郎だぜ」

と憎まれ口を叩いた。

だが、その時の清水屋の奥は、まさに地獄図であった。

老夫婦が寝間にしている八畳では、清兵衛の妻のおもとが首を絞められて倒れていたし、納戸では簞笥から着物を取り出しかけていた嫁のおきよが細紐を首に巻かれて仮死状態であり、台所には孫娘のおきみが血まみれでころがっていた。

清七は脇腹を刺されて居り、るいに救いを求めた清吉も肩先を斬られていたが、これは薄手であった。

宗太郎の手当で、まずおきよが息をふき返し、清七も命を取りとめたが、おもととおきみは助からなかった。

小倉庵からの通報で長助がかけつけ、町廻りの途中だった畝源三郎も来て、清兵衛は番屋に曳かれ、取調べを受けたが、殆ど乱心状態で、とりとめもない言葉を発するだけであった。

けれども、生き残った者の申し立てと、夕方、店へ帰って来た奉公人達の話を総合してみると、清兵衛は清七夫婦が親子の縁を切ってもらって清水屋を出て行きたいと申し出てから一家心中を決意し、当日は店を休みとし、奉公人に各々、夕方まで暇をやってから、まず、女房のおもとをくびり殺し、納戸にいたおきよを襲い、台所で父親にわらび餅を作ってもらっていたおきみを刺し、驚いて止めようとした清七の腹に出刃庖丁を突きたてた。そして父親から逃げろといわれ、玄関へ向った清吉を追って出て、そこへるいが何も知らずに訪ねて来たものだと推量された。

「冗談じゃありませんよ。そりゃあ、清七さん夫婦が店を出て行けば、間違いなく清水屋は潰れるでしょうよ。でも、いってみれば自業自得でしょうが、なんてったって、自分の古女房の並はずれた嫁いびりをたしなめることも出来なかったんですから、とても一家の長老とはいえませんですよ。死にたけりゃ自分と女房だけで充分でしょうが。わざわざお嫁さんを衣類を取りに来いといって呼び戻したんだって、殺そうと思ったからですよ。おまけに罪もない孫まで道連れだなんて、よくも、そんな非道なことが出来たものです。人の皮着た畜生とは、清兵衛旦那のような人のことをいうんだと、つくづく思いましたね」

「かわせみ」では盛大にお吉がまくし立て、東吾は、

「まあ、るいの気性では、あの場合、仕方がなかったと思うがね。俺は今でも肝が冷えるよ。素人の気のおかしくなった奴ほど危いものはないんだ。頼むから、もうおてんばはこれっきりにしてくれ」

寿命が縮まったと真顔でいった。

清兵衛は女房と孫を殺害し、家族を傷つけた罪で大島へ流され、清水屋は潰れた。

「清七は女房と悴《せがれ》の清吉を伴《つ》れて、自分の親許へ身を寄せたそうです。少し、落着いたら、どこかへ板前として奉公に出るつもりのようですが……」

畝源三郎が知らせに来て、るいはもう何度となく繰り返した深い歎息をついた。

世間の人は、嫁と姑の不仲から一家心中になって清水屋が潰れたとだけ噂をしているが、そこにたどりつくまでの家族の気持は当事者でも説明のつかない複雑なものがあったに違いないとる

いは思う。

嫁が水茶屋で働いていた女ということにこだわったおもとにも非があるが、自分の生れ育ちをただひがむばかりで「清水屋」の嫁の立場に無神経であったおきよにも足りないものが少くなかった筈である。

少くとも、赤の他人がより合って家族となり、そこに清吉、おきみという二人の幼い命がすくすくと育っていたことを、清兵衛夫婦も清七夫婦もどうして大事に出来なかったのかと考えて、るいはつらい気持になった。

とはいえ、姑の苦労をしていない自分には所詮、おもとの気持に関してもおきよの立場についても、わかったようなことはいえないと思う。

「おい、何を考えているんだ」

庭で千春と金魚に餌をやっていた東吾がふりむき、るいは慌てて笑顔を作った。

幼い日に母を失い、一人きりの身内である父にも先立たれ、兄弟も姉妹もない孤独の自分が、初恋の東吾の妻となって娘にも恵まれ、多くの知己に囲まれて幸せな日々を過している有難さを思う時、神仏はもとより、この世のすべてのものに手を合せたくなるるいであった。

願うことは只一つ、一日一日を自分の総力を挙げて、この幸せを守り抜こうという熱い気持だけである。

「お母様、今度、金魚売りが来たら、もう一匹だけ、千春の金魚のお友達を買って下さい」

千春がちょっとかしこまってお辞儀をし、東吾がるいをみて笑っている。

「さあ、どうしましょう。お父様と相談して……」

「お父様は、よいとおっしゃいました」

父娘が顔を見合せて笑い、るいは縁側から沓脱石《くつぬぎ》の上の庭下駄に足を下した。

表を風鈴売りの呼び声がゆっくりと流して行く。

江戸は間もなく山王祭であった。

# 猫《ねこ》と小判《こばん》

## 一

軍艦操練所の用事で品川まで出かけた帰途、神林東吾が海沿いの道を芝の田町まで歩いて来ると横丁からひょっこりという感じで出て来た男が、

「若先生」

と声を上げた。

ふりむいて、東吾も笑顔になった。

「こいつは奇遇だな」

相手は飯倉に住む岡っ引で仙五郎といい、かつて東吾が狸穴《まみあな》の方月館の師範代をつとめていた頃からの顔なじみであった。

「俺は野暮用の帰りだが、仙五郎はなんだ」

見た所、事件があって出むいて来たようではなかった。もともと、十手をひけらかし、御用風を吹かせるような岡っ引ではなくて、日頃は十手を外から見える所に挿してはいない。今日もその通りで、唐桟《とうざん》の単衣《ひとえ》に角帯を締め、夏羽織をきちんと着ている。

「どうも、若先生にお話し申すほどのことでもねえんでございますが……」

東吾から一歩下った後方を並んで歩きながら、ちょっと首をひねった。

「ぼけちまった人間を治す薬ってのはないもんでございましょうねえ」

「年をとってぼけた者の治療法か」

「へえ」

「そいつはあんまり聞かねえが……」

誰がぼけたんだと反問されて、仙五郎は掌で顔をつるりと撫でた。

陽はやや西へ傾き出しているものの、海に近い街道は夏の日ざしにさらされて、歩くほどに汗がふき出して来る。

「ぼけるってのは病気じゃねえんで……」

「そいつは本所の名医にでも聞いてみるが、人は誰でも年をとって来ればそれ相応に、ぼけるんじゃないのか」

「ですが、方月館の方斎《ほうさい》先生なんぞ九十過ぎてお出でなのに、小難しい御本をお読みになるし、刀の鑑定だってそりゃあ見事なものだと青山の刀屋が感心してまさあ。先生の折紙つきなら、どこに出しても間違いはねえんだと……」

「松浦先生は特別だよ」

「そりゃまあ、そうに違えねえんですが……」

飯倉にある老舗の菓子屋の主人の妹に当るのが田町三丁目の「花庵」という店へ嫁いでいると仙五郎は話し出した。

「こちらも菓子屋でございますが、桜飴と申しますのが名物で、飴屋としては古くから名が通っているそうで、お大名家の奥向《おくむき》などにもお得意を持っていると自慢して居りますんで駄菓子屋の飴なんぞと一緒にしてくれるなと大層な鼻息で……」

東吾がうなずいた。

「桜飴なら知っているよ。増上寺のえらい坊さんが贔屓《ひいき》にしているとやらで、てっとり早く咽喉《のど》の痛みをなくすのに効くというから、俺も兄上に買って行ったことがあるんだ」

「左様で……」

「あそこの主人は仙右衛門といって、たしかもう還暦と聞いたが、まさか、ぼけたというんじゃあるまいな」

「ぼけちまったのは、仙右衛門旦那の母親なんで……」

「すると、年齢は……」

「ちょうど八十だそうで……」

「長命だな」

「へえ、喜寿の祝の頃まではしっかりしていたようですが、だんだん、おかしくなって来て、飯を食ったのを忘れちまって、何度でも食う。大声でわけのわからねえことを喚き続けたり、商売物の店の菓子を外へ投げ捨てる。自分が産んだ仙右衛門旦那の顔もわからなくなって、変な男が家の中にいると大さわぎをしたり、仙右衛門旦那の内儀《かみ》さんが、つまり、飯倉から嫁入りしたおさきさんのことですが、世話をしようと傍へ行くと鬼が来たと叫び出す。とても店にはおいておけなくてすぐ近所に一軒借りて女中二人と下男をつけて住まわせるようにしたんですが、身のまわりのものを手当り次第に汚い、汚いと海へ放り込む、果ては奉公人が目を放した隙に家を出て、みつけられた時には二里も先の町をさまよっていたなぞということがありまして、家族はほとほと手を焼いている始末で……」

東吾が苦笑した。

「成程、それで、仙右衛門の女房の実家が、なんとかならないかと親分に相談を持ちかけたんだな」

親分と呼ばれて仙五郎は首をすくめ、手を大きく振った。

「あっし如き者になんとか出来る筋のものじゃあござんせん。ただ、おさきさんの実家では、婆さんが嫁のおさきさんに嫌がらせのためにぼけたふりをしているんじゃねえかと疑っていまして、そこのところを見て来てくれと頼まれたんでございます」

金杉橋が見えて来て、東吾は歩調をゆるめた。

「偽ぼけか、本ぼけか、どっちだと思った」

「わかりません。ただ、御亭主の位牌の入った仏壇まで海へ捨てちまうってのはどうなんでございますかね」

「やったのか」

「へえ、あっしの目の前で……」

「そいつは凄いな」

「あっしが何をいっても、えへらえへら笑うばっかりで、ほとほと気味が悪くなりましたんで……」

気の重そうな顔で飯倉へ向った仙五郎と別れて、東吾は大川端町の「かわせみ」へ帰った。

晩餉《ばんげ》の時に、東吾がその話をすると、まず、お吉が食いついた。

「そりゃあ偽ぼけじゃございませんです。間違いなく本ぼけでございますよ」

「どうしてわかる」

「いるんでございますよ。それとそっくりなぼけ婆さんが……」

新材木町の材木屋の隠居だと嬉しそうに話した。

「それこそ仏壇から神棚から鏡台に小箪笥、手当り次第に川へ投げちまって……あたしは川の反対側から眺めたんですけど、止めようとする人を凄い力でふり払って……その人まで川へ落したんですから……」

さわぎを聞きつけて集って来た人達の話では昨年の秋あたりから様子がおかしくなって夜更けに大声をあげて近所を歩き廻ったり、女中に饅頭を買いにやらせて、たて続けに二十個も食べてしまったり、人の家も自分の家も区別がつかなくなって、平気で上り込んでその家の人を仰天させたりと奇行が続いて、その界隈では評判になっているといった。

「お石ちゃんにもいって来ましたんです。ただの体じゃないんだから、かかわり合いになって怪我でもしないようにって、小源さんにもよくよく頼んで参りました」

るいが咳ばらいをし、お吉はまだ話し足りなそうな顔で居間を出て行った。

「よりによって御飯どきにろくな話をしないんですから……千春がびっくりしているというのにおかまいなしで……」

るいはすっかりおかんむりで、東吾は毎度のことながら少々、困った。

「お吉の奴、堀江町へ出かけたのか」

堀江町には大工の棟梁である小源と夫婦になったお石が暮している。

「ただの体じゃないって、お石のことか」

「次の戌《いぬ》の日に帯ですって……」

「赤ん坊が出来たのか」

「お産婆さんに、もう間違いがないからっていわれて、一昨日、知らせに来ました」

「俺は聞いてないぞ」

「お話しする暇がなかったんです。お吉ったら昨日も今日も堀江町へ行きっきりで、おかげでうちはてんてこまいなんですから……」

「そうか、出来たのか。そいつはよかった」

新材木町と堀江町は掘割をはさんで向い合っている。それで、お吉は材木屋の老女がものを堀川に投げ捨てるのを目撃したのかとわかって、東吾は女房の機嫌を取った。

「あんまり、お吉を怒るなよ。もともと、ぼけ婆さんの話を持ち出したのは俺なんだから……」

「お気の毒ですよ。誰もぼけたくてぼけたわけではございませんでしょう。人は年をとりたくないと思っても、どうしょうもないのですもの」

「お母様は大丈夫」

千春が愛らしい声でいった。

「お母様は絶対に、ぼけません」

「そうだ。お母様は断じてぼけないよ。いつまでも若くてきれいだからな」

娘のせりふに便乗した東吾に、千春がぴしゃりといった。

「お父様はわかりません」

「なんだと……」

「本所の宗太郎小父様がおっしゃいました。お母様を大事にしないとぼけますって……」

「何をいってやがる。あの藪医者奴……」

るいが笑い出し、「かわせみ」の居間は漸く穏やかさを取り戻した。

二

妊婦が五月目《いつつきめ》に入ったあたりから腹に巻く白木綿はるいが用意し、戌の日にお吉が堀江町へお石を迎えに行って、女ばかり三人が水天宮に参詣して、帯の祝をすませた。

お石の亭主の小源は仕事で来られないといっていたのに、神主さんの御祈禱のはじまる直前に、顔中を汗にしてかけつけて来て、神妙に参列し、それが終ると、るいとお吉に丁寧に挨拶をして、また慌しく仕事先へ戻って行った。

お石はいい具合に、あまり悪阻《つわり》もひどくなくて、この日も、るいに何が食べたいかと訊かれて、少々、恥かしそうに、鰻と返事をし、では三人連れ立って「宮川」で遅い午餉となった。

土産に、大串を焼いてもらってお石に持たせ、「かわせみ」には白焼を五人前ほど折詰にさせた。

お石を送ってから大川端まで帰って来ると帳場のところで畝源三郎と東吾が話をしている。で、少し早いが白焼で一杯つけましょうかといったるいに、

「俺はともかく、源さんは今から飲むわけにも行かねえだろう。それより、昼飯は蕎麦だったらしいから、そいつで茶漬かなんか作って来いよ」

と東吾がいい、源三郎が、

「助かります」

と応じた。

「源さんは狸穴へ行った帰りなんだ。なにしろ、猫が小判をくわえて来ちまったってさわぎでね」

今、その話を聞いていた所だと、奥へ入りながら東吾が笑い、源三郎は手拭を出して額の汗を拭いた。

「かわせみ」の居間は大川からの風がよく吹き通って、軒先の風鈴が澄んだ音を響かせている。

「犬が人間の腕をくわえて来たって話は前にあったが、猫に小判ってのは高座でしか聞いたことがねえな」

麻の座布団にすわって東吾が悪い冗談をいい、源三郎がるいに弁明した。

「小判をじかにくわえて来たのではありません。小判の入った布袋をひきずって来たと申すのです」

茶をいれていたるいが訊いた。

「いったい、どこのお猫さんが……まさか仙五郎さんが飼っている……」

「残念ながら仙五郎の飼猫ではありません。三田久保町に住む畳職人の祖母が飼っている虎猫でした」

三田久保町は新堀川に面した小さな土地で町屋もそう多くはない。

「婆さんは川へ洗いものに行っていて、戻って来ると猫が灰色のかたまりにじゃれている。目があまりよくないので、てっきり鼠でも取ったのかと近づいてみると、これが灰色の袋で、結んであった紐をほどいてみると中には小判が拾両入っていて、婆さんは腰をぬかすほど驚いたそうです。そこへ近所に仕事に行っている孫息子が昼飯に帰って来たので、すぐに名主の所へ届け出たというわけです」

源三郎のための膳を運んで来たお吉が聞き耳を立てた。

「猫が拾両拾って来たんですか」

源三郎が膳へ向ってすわり直しながら答えた。

「あの界隈では、忠猫虎吉と大評判になっていますよ」

「世の中、変ったことがあるもんだな」

東吾が憮然とし、お吉は、

「それで、そのお猫ちゃんの拾った小判はどうなるんでございますか」

それが一番、気になるといった顔をした。

「一応、お上があずかって、一年が過ぎても持ち主がみつからない時は、拾った猫、というわけには行きませんから、飼主のお杉という婆さんにお下げ渡しになるきまりです」

「出て来ますかね、持ち主が……」

「まあ、あれだけのさわぎになっていますから、余程、遠方の者が落して行ったのでない限り、名乗って来ると思いますが……」

拾ったのが猫であるから、どこそこに落ちていたと、はっきり答えることが出来ない。

「小判拾両ともなると、けっこう目方がありますので、猫の力ではそう遠くから運んで来たとは考えられません」

三田久保町というのは近所が寺ばかり、それもけっこう名刹が揃っているようですから、案外、寺へ寄進のため持って来た者なぞが落し主かも知れないといい、源三郎は鰻茶漬をさらさらとかき込んで長居をせずに出て行った。

「畝様もお楽《らく》ではありませんね。猫が小判を拾ったことで狸穴界隈までお出かけなさるとは……」

るいが呟き、東吾が手にした団扇《うちわ》を軽く振った。

「なに、源さんが出かけたのは方月館の松浦先生の所だったんだよ。知り合いから刀の鑑定を頼まれたそうだが、そいつが思った以上の逸品でね。源さんも喜んでいた」

「方斎先生はお変りなくいらっしゃいますのでしょうね」

「お元気のようだが、なにせお年だからな」

「あなたも、時折は御様子をうかがいにいらっしゃいませんと……」

「ああ、そのつもりだ」

「お出かけになる日がお決りになったら、声をかけて下さいまし。なにか、先生のお口に合いそうなものを用意致しますから……」

と、るいにいわれて三日後、東吾は軍艦操練所から一度「かわせみ」へ戻って着替えをし、用意されていたさまざまの手土産を持って狸穴へ向った。

松浦方斎は庭で朝顔の鉢を眺めていた。傍に仙五郎と正吉がいる。

東吾が驚いたのは正吉の成人ぶりであった。

もはや青年といってよく、

「先生」

と叫んでかけ寄って来る恰好は昔のままだが、陽に焼けた顔はたくましく、肩幅も胸板もがっしりと厚くなった。

「東吾は口運《くちうん》がよいな。仙五郎が焼団子を届けてくれて、今、おとせが茶の仕度をしているところじゃ」

東吾の挨拶を受けて方斎が笑い、縁側をおとせがやって来た。

大きな木鉢によく焼けて甘からいたれをつけた串団子が山盛りになっている。

「この節、先生はこれがお気に入りで、三日に一度はお声がかかるのですよ」

おとせが縁側に座布団を運び、東吾は方斎と並んで腰を下した。

「年寄の口には合うが、東吾にはどうかな」

早速、串団子を手にして方斎が笑い、東吾も一本を取ってかぶりついた。成程、たれが甘すぎも辛すぎもせず、香ばしい焼具合であった。

「これは旨いですね。柳屋ですか」

方月館に近い菓子屋の名をいったが、

「いえ、飯倉なのです」

おとせが否定した。

狸穴の方月館から飯倉は遠いというほどでもないが、そう近いともいえない。

「仙五郎親分の御近所の千成屋さんというお店で……」

仙五郎がちょいと頭を下げた。

「飯倉じゃ老舗なんですが、どうも近頃、ぱっとしねえんで、方斎先生が御贔屓なら毎日でもお届けに参《めえ》ります。なにしろ、近所のよしみでせいぜい助けてやりてえと思っても、あっしなんぞは饅頭怖いの口《くち》なんで……」

二本目に手を出して、東吾が訊いた。

「ぱっとしないというのは、人気が落ちたのか」

「へえ、こういうものにも流行《はや》りすたりがあるんでござんしょうか。それと、千成屋はちょいと身内に事情があって、そうしますと古くからの職人がたて続けにやめちまう。この串団子は主人の喜三郎さんが自分で焼いてなさるんで……。まあ昔っから千成屋の名物の一つではございます」

おとせがそっといった。

「悴さんは相変らず落着かないんですか」

「そのようで。たまに帰って来ると親父さんと一悶着《ひともんちゃく》あって、また出て行っちまうという繰り返しで……」

「潰れることはあるまいな」

方斎が大声でいった。

「千成屋が潰れると、わしはこの団子の楽しみがなくなる」

仙五郎が頭へ手をやった。

「まあ、あれだけの老舗でございますから、滅多なことはねえとは思いますが……」

方月館で方斎と少々、世間話をして東吾が暇を告げて台所口を出ると、裏門のところに仙五郎が立っている。

東吾をみるとぼんのくぼに手をやりながら頭を下げた。

「毎度、つまらねえことをお耳に入れるようですが……」

猫が小判を拾った話を方斎先生からお聞きで、と訊ねられて東吾は破顔した。

「そいつは源さんからも聞いたんだがね。方斎先生の話だとこの節、二之橋界隈じゃ猫を飼う者が増えたそうだな」

仙五郎が合点した。

「馬鹿馬鹿しい話ですが、みんな二匹目の泥鰌《どじょう》ねらいでさあ」

「忠猫虎吉ってのは余っ程でかい猫なのか」

「お杉婆さんの虎公は、けっこう肥っていまして、近所の猫どもを従えて新堀川のこっち側まで遊びに来ますんで、小判の一件からはすっかり有名になっちまって、あいつが通ると女子供が大さわぎを致します」

「拾両の小判の入った袋をくわえて来るほどの大猫なんだな」

仙五郎が首をすくめるような恰好をした。

「お杉婆さんの申しますには、ひきずっていたってことでしたが……」

「そうだろうな、拾両は猫にとっちゃあけっこう重いよ」

「よく、ものをくわえて来る猫だそうで、鼠なら当り前ですが、鴉《からす》の子供だの、もぐらだの、婆さんはほとほともて余していたそうで……」

「仙五郎は、その婆さんを知っているのか」

「いえ、ですが、先だって畝の旦那からちょいとお指図を受けまして、それとなく話をして来ましたんで……」

「源さんが猫の飼い主を調べろといったのか」

「へえ、どんな家族か、暮しむきはどうかなんぞを……」

「で、どうだった」

「実は少々気の毒な身の上でございまして、お杉婆さんと申しますのは当年とって五十五歳、亭主は伊兵衛といって金杉橋の近くの畳問屋の旦那だったそうですが、早死しまして、その悴、伊助が知り合いの口車にのって相場に手を出し、しくじりまして結局、店を人手に渡し、三田久保町に持っていた家作の一軒に移ったんですが、その伊助も体を悪くして歿《なくな》り、孫息子の庄助とお杉婆さんと二人っきりになっちまったと申します」

肩を並べるようにしてゆっくり歩いていた東吾が足を止めた。

「亭主が死んで、悴が相場にしくじって店じまいをしたあげく若死にした。その女房はどうしたんだ」

仙五郎が顔をしかめた。

「そいつが、亭主の死んだ後、男が出来て家を出ちまったんで。名主さんの話によりますと、いろいろと仲に入ってくれる人があって、結局、相手の男と夫婦になり、田舎のほうで暮して居ります」

「相手の男の商売は……」

「畳職人で……もともとは金杉橋の近くに店があった時分からの知り合いだということでして……」

「そういえば、方月館のおとせがいっていたが、婆さんの孫息子も畳職人のようだな」

「まだ十五でございますが、祖父《じい》さんの代に店へ出入りをしていた畳職人の七兵衛という者に弟子入りをして、この節はいっぱしの仕事が出来るようになったと、こいつは七兵衛親方が目を細くして話してくれましたんで。ただ、婆さんとしてはやはり昔を思い出すんでしょうか、孫が職人になったことをもう一つ喜ばねえところがあるようでして……」

「拾両じゃ畳問屋の店は出せねえな」

「そりゃあ、無理で……第一、あの拾両は拾った金で……」

「一年経って持ち主が出て来なけりゃあ婆さんのものになるんだろう」

「そりゃあそうでござんすが、拾両じゃちょいとはんぱで……」

「源さんが気にしたのも、その辺りかな」

仙五郎が首をひねった。

「若先生も、何かおかしいとお思いで……」

「まあ、強いていえば、拾両もの金を失って、持ち主が出て来ねえってことかな」

「へえ」

「もう一つは、金が財布に入っていたならともかく、布袋だというんだろう」

「そうなんで。それも小汚ねえ布袋でして」

灰色の木綿で作った、なんの変哲もない袋で、米や麦なら一升そこそこは入る大きさに、袋の口には木綿の紐がついている。

「貧乏人の家には一つや二つはありそうな便利重宝な袋でござんして……」

小判拾両を入れるには、およそふさわしくない。

考えられるのは、盗んだものか、賭なんぞで手に入れたのか、

「俺は、どちらもそぐわねえような気がしてね」

といって、思い当ることもないと東吾は苦笑した。

なんにしても、拾両はお上があずかっている。

「一年、何事もなく過ぎりゃあいいがな」

飯倉の通りへ出て、東吾はそこで仙五郎と別れかけた。足が止ったのは、

「親分」

と呼ぶ声があったからである。息を切らしてかけつけて来たのは仙五郎のところの正太というお手先で、

「えれえことで……お杉婆さんが殺された」

よろよろと地に膝を突いた。

三

小判拾両の入った袋を拾ったお杉の家は二之橋の近く、當光寺という寺の脇にあった。この辺

りは小さな一軒家がかたまっているが、どの家も板葺屋根でせいぜい二十坪そこそこ、その中に家が建ち、畑などを作っている。

お杉の家も土間と、上りはなの板敷の奥に六畳ひと間で、入口の戸を開けると家中が見渡せる。

東吾と仙五郎がかけつけた時、お杉は奥の部屋に移されて医者が手当をしていたが、東吾が近づくとふりむいて首を振った。

お杉の顔はどす黒く変っていて、首に扼殺《やくさつ》の痕がある。

「こいつは指で締めたものでございますね」

仙五郎が呟き、東吾は目をむいているお杉の瞼をそっと下してやって合掌した。

「土間に倒れていたんですよ。そこの戸口が開けっぱなしになっていたんで、ちょいとのぞいてみたら……」

上ずった声で仙五郎に訴えているのは畑をはさんだ隣家の女房で、亭主は三田新網町の水油問屋へ通い奉公しているという。

「亭主の酒を買いに行って、ここの家の前を通ったら、どなりつけているような男の声が聞えたんで、その時は通り過ぎたんですけど、気になって酒を買って戻って来て声をかけながら戸口へ近づいたら、お杉さんが……」

とび込んで抱き起こすと、

「庄助、庄助」

と二声、孫の名を呼んだきりでぐったりしてしまった。夢中で當光寺へ行って寺男を呼び、寺男が医者へ走ったり、名主の家へ知らせたりしてから、思いついて二ノ橋の近くに住んでいる下っ引の正太の家へとんで行った。

正太が飯倉の仙五郎親分の下で働いていて、この前の小判さわぎにも、仙五郎が手札を頂いている町奉行所の役人が来たことを思い出したかららしい。

「婆ちゃん」

という悲痛な声がした。

体つきは大人に近いが、顔はまだ子供子供した職人風の男が、親方らしいのに伴われて土間へ入って来た。奥に寝かされている祖母に気がつくと無言でかけ込み、しがみつくようにして顔を見た。

「婆ちゃん、目を開けてくれ。庄助が帰って来たんだ。目を開けて……」

ううっという嗚咽《おえつ》が聞えて、そこにいた人々が呼吸《いき》を呑んだ。

「親分」

低く、挨拶したのは、庄助と一緒に来た老職人で、

「若先生、こいつは庄助の親方の七兵衛と申します畳職人で……」

仙五郎が東吾にひき合わせた。

「いってえ、誰がこんな酷《むご》いことを……」

隣家の女房が叫んだ。

「あいつだよ。あたしは声しか聞いてないが、あいつに間違いない」

「誰だ」

東吾が応じ、その声の響きにうながされて返事が来た。

「飯倉の千成屋の旦那です」

東吾の隣にいた仙五郎が顔色を変えた。

「冗談じゃねえ。まさか千成屋の旦那が……」

だが、それまで祖母の遺体の傍で滂沱《ぼうだ》と涙を流し続けていた庄助が東吾と仙五郎へ向き直って両手を突いた。

「隣の小母さんのいうのは嘘じゃねえと思います。千成屋の旦那は、俺が知っているだけでも、もう四回、うちへやって来て、婆ちゃんに無理難題をいい続けていました」

「無理難題とは何だ」

「うちの虎吉が拾って来た小判が入っていた袋のことです。本当に最初からあの袋に入っていたのか、お前が入れかえたのではないのかと、同じことを何度も何度も……」

東吾が唇を嚙みしめている庄助をみつめた。

「お杉は、なんと答えた」

「最初から、あのままで、自分は手を触れていない。猫から拾い取ったままを、名主様にお届けしたと……ですが、千成屋の旦那はそんな筈はない。お前が細工をしたに違いないと……。婆ちゃんは泣いていました。千成屋の旦那が帰ってから、俺に、婆ちゃんは決して悪いことはしていない。いくら落ちぶれても人様のお金に手をつけるような真似はしない。お前は心配しなくてよいとくどいほどいいました」

七兵衛がいった。

「庄助のいう通りでございます。あっしはお杉さんが畳問屋のお内儀さんだった時分から知っていますが、気性がまっすぐで、思いやりのあるいいお内儀さんでございました。拾った金をどうこうするようなお人じゃございません」

東吾が決断して仙五郎が飯倉の千成屋へ走った。

店にいた喜三郎は番屋へ連行され、正太の知らせでかけつけて来た畝源三郎の尋問を受けたが茫然自失の状態で全く口を開かない。

「店の者の話ですと、喜三郎は七ツ（午後四時）すぎにふらりと出て行って、帰って来たのは暮れ六ツ（午後六時）の鐘を聞く少し前で、その時の顔色は死人のようで出迎えた奉公人に口もきかず、部屋へ閉じこもってしまったと申しますから……」

千成屋を調べに行った仙五郎が報告し、お杉殺しはまず喜三郎の仕業に間違いあるまいと思えたが、肝腎の当人が白状しないことには、どうしようもない。

「東吾さんは、喜三郎がお杉を殺した理由はなんだと思いますか」

取調べをしていた番屋の奥の部屋から出て来た源三郎が、乗りかかった舟で帰るにも帰られず、外の縁台で番太郎の出した渋茶を飲んでいる東吾に訊いた。

「そいつを俺もずっと考えていたんだがね」

少し、喜三郎と話をしてもよいか、といった東吾に源三郎はうなずき、番屋の奥へ伴った。

喜三郎は、源三郎が番太郎に命じて用意させた稲荷鮨にも手をつけず、ひっそりとうつむいている。向い合ってすわった東吾をちらりと上目遣いに眺めたが、すぐ視線を伏せた。

「あんた、なんで、袋にこだわったんだ」

だしぬけといった感じで東吾が訊いた。

「お杉婆さんの飼猫がひきずって来た小判は灰色の布袋に入っていた。あんたはそんな筈はないと思っているのだろう」

体を固くして黙り込んでいる喜三郎を無視して、東吾が続けた。

「あんたが考えている小判のいれものは何だ。縞の財布か、女物の紙入れか、縮緬《ちりめん》の小風呂敷か、それとも印伝の手提げ袋か」

ぴくりと喜三郎の肩が動いた。

「とにかく、あんたは拾両の小判が入っていたのは、灰色の布袋なんかではないと確信を持っている。その理由はなんだと思う」

語尾を切って、東吾が喜三郎を凝視し、喜三郎の表情に明らかな不安が浮んだ。

「どうだ。答えてみないか、千成屋の旦那」

喜三郎が激しく身慄《みぶる》いした。けれども、その唇はきつく結ばれたままであった。

「では、いってやろう。お杉婆さんの拾った小判が断じて灰色の布袋なんぞに入っていたのではないとあんたが考えたのは、お杉婆さんが小判を手にする前に、あんたも小判を拾ったことがある故だ」

喜三郎が小さく声を上げた。狼狽が顔中に広がっている。かまわず、東吾は話し続けた。

「あんたが、小判を拾った時、それを投げ捨てた人間はあんたの目の前にいた。あんたには、それが誰かわかった。わかっているのにあんたはその金を返さなかった。いや、当人に返すのは無理だろう。投げた当人は自分が何をしているのか、まるで承知していない。いってみれば、幼い子供が石を投げるように小判を投げ捨てたのだから。しかし、あんたは小判をその人の家族へ届けてやることは出来た筈だ。それはあんたの親類なのだからな。当り前なら、親類のぼけ婆さんがわけもわからず小判を捨てた。拾ったあんたはそいつを家族に届けるどころか猫ババした。だがね、悪いことは出来ないものだ。誰知るまいと思ったのに、それを見ていた者がいる。お杉婆さんがたまたま川むこうからしっかり見届けていたということさ」

異様な叫びを上げて、喜三郎が壁板に体当りした。おさえつける源三郎の腕の下で喚いた。

「知らない。俺はなんにも知らない」

番屋の戸が開いて、仙五郎が入って来た。

「こいつが千成屋の居間の仏壇の後にかくしてございました」

ずっしりと重い女物の紙入れを東吾に手渡した。それを見て喜三郎がいった。

「それは、花庵へ持って行くつもりで……盗んだんじゃない。届ける気で……」

東吾がどなった。

「往生際が悪いぜ。返してやる気なら、何故、拾った時に、そのまま花庵の隠居を送りがてら田町まで行ってやらなかったんだ。老いぼけて西も東もわからなくなって歩き廻っていた婆さんは、あんたにとっちゃあ妹の姑に当る人だろうが。あんたはその金を拾って懐に入れ、途方に暮れている年寄を放ったらかしにして逃げた人でなしの盗っ人だ。いい加減に神妙にしやあがれ」

## 四

芝田町三丁目の花庵の主人、仙右衛門とその女房のおさきが呼び出され、喜三郎の家の仏壇の裏から見つかった拾両入りの女物の紙入れは、間違いなく仙右衛門の母、お芳のものと判明した。

「お芳って婆さんは、へそくりの名人でね。旦那が生きてる時分から、やれ、呉服屋の支払いだ、親類の法要だと、適当な口実で金を出させてはへそくりを作ってね、そいつを拾両ずつ、まとめて財布だの、紙入れだのに入れては内証の所にばらばらにかくしていたんだそうだ」

どうやら梅雨に入ったと思われるしとしと降りが続いている午下り「かわせみ」の居間では久しぶりに顔出しに来たお石に東吾が落着したばかりの「猫と小判」の一件を話しはじめ、それをるいとお吉がお相伴で聞いている。

「どういうつもりで、そんなへそくりをなすったんでございましょうかね。お金に不自由のない大店《おおだな》の御隠居さんが……」

お石が目を丸くし、お吉が笑った。

「そりゃあお金がいくらあったって、へそくり上手の人はちゃんとへそくりますよ。一々、旦那にことわらなくても、ちょいとした買い物が出来るし、まして後家になって息子夫婦の天下になったら、そうそう好き勝手は出来ませんよ。その日に備えて自分の自由に出来るお金を作っておくのは、女の才覚みたいなものだから……」

るいが東吾に訊いた。

「いったい、どのくらいへそくりをしてお出ででしたの、その御隠居様……」

「仙右衛門夫婦もよくわからないそうだがね。三百両か、五百両、下手をするとそれ以上かも知れなかったと……」

「それを、みんな投げ捨ててしまったんですか」

「いや、婆さんが少しずつぼけ出してから、仙右衛門夫婦が用心して、あっちこっちかくし場所を探しては、婆さんにわからないように回収していたというから全部が全部ではないそうだが、婆さんもさるもの、誰にもみつからないかくし場所をいくつも持っていて、結局、隠居所へひっ越す時も、そいつは持って行っちまったらしい」

息子夫婦も、お芳が仏壇から着物から手当り次第に海へ投げ込むような奇行を示すようになって、慌てたものの、それ以前はまさか、諸方を歩き廻って、財布を川だの畑だのに投げて来ていたとは、思いもよらなかった。

「なにしろ、八十の年寄が二里も遠くまで彷徨するとはみつけるまでは想像もつかないだろう」

「そうしますと、千成屋の喜三郎旦那はたまたま、お芳さんがふらふら歩いているのに出会ったってことですか」

お石が訊き、東吾がうなずいた。

「喜三郎が源さんに白状したところによると、それが二ノ橋の近く、お杉婆さんの住む三田久保町とは新堀川をへだてた反対側だとさ」

喜三郎は病身で寝たり起きたりの状態の女房を抱えていたと、東吾は少しばかり声をしめらせた。

「女房の薬をもらいに二ノ橋の近くの医者へ出かけた帰りに、目の前をよろよろと歩いて行くお芳をみかけて近づいて行ったところ、矢庭《やにわ》に紙入れを放り投げるのを目撃したんだ」

喜三郎はそれ以前に、仙右衛門と夫婦になっている妹のおさきから、姑のお芳がぼけ出して常軌を逸した振舞をして困っていると話を聞かされ、それが、ぼけを装って嫁いびりをしているのではないかと疑っているおさきから真実を調べてくれと頼まれもしていた。

「実際、喜三郎は仙五郎に頼んで、お芳が本当にぼけているのかどうか、様子をみて来てもらっている」

その仙五郎の報告で、どうやらお芳は本当に、何もわからなくなっているのだと聞かされていた。

「それで喜三郎旦那はお芳さんの捨てた紙入れを盗む気になったんでございますね」

お吉が顔をしかめ、東吾はつい、柄にもないことをいった。

「喜三郎にもかわいそうな所はあるんだ。体の弱い女房と三十にもなって働く気もなく、店の金を持ち出しては遊び暮している悴と、おまけに店は左前になっている。まあ、だからといって喜三郎のやったことの弁解にはならないがね」

お石が自分の腹をそっと撫でた。

「子供の出来の悪いのは、親にも責任がございますね。わたしもしっかりしなければ……」

るいがそんなお石をいじらしそうにみつめた。

「お石は大丈夫ですよ。お石をいい娘に育てたお石のお母さんを見習えばよいのですから……」

前妻の残した二人の娘と、自分の産んだ三人の娘と三人の息子を全くわけへだてなく育て上げた野老沢《ところざわ》の肝っ玉おっ母が、お石の義母であった。今も健在で田畑で働き続けている。

「それにしましても、喜三郎旦那というのは気が廻るというか、欲が深いといいますか、お杉さんの猫が小判を拾って来たという話を聞いて、すぐにお芳さんが捨てたに違いないと思うなんて、お杉さんこそいい災難でしたよ」

仮にお杉の拾った小判が、お芳の捨てたものであったとしても、お杉の所へやって来て責めたり、問いただしたりしたあげく、殺すことはあるまいにといったお吉に東吾は何もいわなかった。

ただ、お石に飯はよく食っているか、具合が悪くなったら、遠慮せず、すぐに麻生宗太郎に診てもらえなぞと、まるで娘を嫁に出した親父のような忠告をしただけであった。

夕暮が来て、雨がやや上った頃合をみて、お石はさまざまの土産物をもらっていそいそと帰って行った。

お吉は千春と台所で梅干をつぶして竹の皮にくるんでちゅうちゅう吸うのを作っている。

居間は東吾とるいの二人きりになった。

「うかがってもよろしいですか」

茶をいれながら、るいがそっと東吾の顔色を見る。

「喜三郎という人が、お杉さんを殺してしまったのは、自分がお芳さんのお金を拾ったのをお杉さんにみられたからなのですか」

東吾が雨上りの、どんよりした大川の上の空を眺めた。

「喜三郎は素人だ。ごく当り前の菓子屋の旦那だ。そういう人間が人を殺すのは、きっかけがなけりゃ出来るものではないよ」

第一、喜三郎はお杉の口から、小判を自分が拾ったのを見たと告げられるまでは、お杉に自分の行為を知られているのに気づいていなかったのだと東吾はいった。

「では、お杉さんがいったのですか」

「お杉にしても、喜三郎に責められて、つらかったんだろう。拾両の金を手にして、ほんの僅かだが、迷いを持った。財布から金を出して、あり合せの布袋に移したのは、証拠になる財布を処分しようと考えたからだ」

「まさか……」

「人間誰しも、思わぬ大金を手にしたら、もし、これが自分のものだったらと考えても仕方がないと俺は思う。しかし、大方の人間は欲に負けないで、その金をお上に届け出る。猫ババすれば罪になると承知しているし、そんな馬鹿な真似はするまいと自らにいいきかせる力を持っている。お杉だってそうなのさ。布袋に金を入れかえたが、やはり名主に届け出た。けれども、心中には痛みが残った。財布を捨て、布袋に移したことに対しての後めたさだ。そいつが、喜三郎にしつこく追及されて、とうとう我慢が出来なくなった」

るいが制しかけ、東吾はいった。

「源さんから聞いたことだ。喜三郎の申し立てだと、お杉は喜三郎にこういったそうだ。あたしを責める前に、御自分のなすったことを考えたらどうなんです。飯倉一番の老舗の旦那が拾ったお金を猫ババしたと世間に知れたらどうなりますか。あたしはちゃんとお上に届けたが、あんたは盗っ人だ、盗っ人たけだけしいとはこのことだと……」

東吾が黙って茶を飲み、るいは自分が聞かずもがなのことを訊ねたのを後悔しながら、それでも不安になって、そのことを口に出した。

「お孫さんの庄助さん、そのことを知ってなさるんですか」

東吾がかぶりを振った。

「あいつは知らないよ。婆さんが布袋に入れかえたことも最初は知らなかった筈だ」

「最初は……」

「婆さんの野辺送りがすみ、喜三郎が遠島と決ってから、あいつはあいつなりに考えたのかも知れないよ。何故なら、あいつは花庵から礼金として二両の金が出たのを固辞して受け取らなかったそうだ」

お杉から届けられた拾両を、お上はお芳が投げ捨てたものと判断し、息子の仙右衛門へ渡すと決定した。

それを受けて、仙右衛門は拾ったお杉の孫息子に礼をしたものである。

「大丈夫でしょうか、庄助さん」

たった一人の祖母を失って天涯孤独になった。

「別れたお母さんとは、縁が切れているのでしょう」

東吾が僅かに微笑した。

「あいつは、もう十五なんだ。立派な親方もついている。きっと、いい畳職人になってくれると思うよ」

庭前の八ツ手の大きな葉に雨音がした。

ひとしきり上った雨が、また降り出した模様で、大川の上には朝と同じように厚い霧が立ちこめて来た。

竹の皮でくるんだ梅干を音をたてて吸いながら、千春が得意気に居間へ戻ってきた。

# わいわい天王《てんのう》の事件《じけん》

## 一

六月十六日早暁のこと、いつものようにこのあたりの漁師が三々五々、連れ立って芝浦の浜へ下りて来ると、砂浜へ押し上げてある一艘の漁舟《いさりぶね》の中で男が寝ているのが目についた。

この季節、暑気ばらいに一杯やったあげく、涼みがてら海辺へやって来て、そのまま眠りこけてしまったなぞという例が時折あるので、その舟の持ち主である清三というのが、

「おい、いい加減に起きねえと、おてんと様がお出ましだぜ」

と、男の肩に手をかけて、ぎょっとしたのは男が顔に大きな面《めん》をつけていた故であった。

「どこぞの祭の帰りでねえのか」

一緒にのぞき込んだ漁師がいったのは、昨日が江戸天下祭の一つ、日吉山王祭の当日であったからだが、次の瞬間、二人は悲鳴を上げてとびのいた。

仰むけにされた男の顔から面が落ちて、白目をむき、開いた口から舌が垂れ下っているすさまじい容貌が夜明けの光の中に浮び上ったからで、男の首には荷造りにでも使うような麻紐がきりきりと巻きついていた。

二

同じ日の午《ひる》すぎ、神林東吾が軍艦操練所を退出して来ると、門番が近づいて来た。

「先程、神林様を訪ねてみえた者がございまして、ぼつぼつお帰りの時刻かと存じましたので、あちらに待たせて居りますが……」

「左様か。それは、すまなかった」

礼をいって門番小屋のほうへ行きながら、東吾は誰だろうと思った。

畝源三郎や長助は遠慮して軍艦操練所の門の内へは入って来ない。大方は本願寺の前あたりで東吾が出て来るのを待っている。それとも、何か火急の用事でも出来たのかと見廻したところへ、男がとび出して来た。

赤銅色に陽焼けした顔に太い眉、愛敬のある大きな双眼にひきしまった口許。

「なんだ。新助じゃないか。いつ、江戸へ出て来たんだ」

男が泣きそうな笑顔になった。

「神林先生、俺を憶えていて下さいましたか」

肩から力を抜いて丁寧に頭を下げた。

「お久しぶりでございます。その節はお世話になりました」

遠慮する男を伴って東吾は「かわせみ」へ帰って来ると、こういった。

「とんでもない大飯ぐらいを連れて来たぞ。そのつもりで仕度をしてくれ」

お吉が心得て台所へ行き、るいは縁側に近いところへ麻の座布団を出して男に勧めたが、こちこちに固くなってお辞儀ばかりしている。

「こいつは新助といってね。俺の古い友達だ。大坂の舟問屋、利倉屋の船の船乗りでね。俺がお上の御用船で大坂へ行った時に知り合ったんだ。今から何年前になるか」

と東吾がいった時だけ、しっかり顔を上げて、

「五年になります」

と応じた。ちらりとるいをみて、また、まっ赤になってうつむいてしまう。

「もう、そんなになるのか」

さっさと着替えをすませて団扇《うちわ》片手に東吾は縁先へ出た。大川から吹き込む風に、風鈴が良い音で鳴っている。

「それじゃ、いっぱしの兄貴株だな。利倉屋の八右衛門旦那は変りないか」

「へえ、おかげさまで……」

「あんたを贔屓《ひいき》にしていた船頭の辰之助は……」

「相変らず、毎日のように雷を落しています」

「そいつはいいなあ」

お吉がよく冷えた麦湯と一緒に酒の仕度をして来たが、東吾はあっさり手を振った。

「あいにく、こいつは飲めねえんだ。大坂で無理矢理一杯飲ませたら、金時の火事見舞みてえになっちまってぐうぐう寝ちまいやがって、あの時は往生したなあ」

新助がぼんのくぼに手をやって、麦湯を旨そうに飲んだ。

「あの時は、神林先生に御迷惑をおかけ申しました」

「相変らず、駄目か」

「へえ、情ねえことで……」

「嫁さんもらうまでになんとかしねえと……三々九度って奴があるからなあ」

「へえ」

大きな体を縮めるようにして恐縮している新助に、団扇の風を送ってやりながら、るいが訊いた。

「こちらは上方の舟問屋でお働きになっているのに、あまり上方なまりがございませんのね」

東吾が笑った。

「もともと江戸生れの江戸育ちなんだ。といっても品川の御殿山の裏のほうらしいが……上方へ行ったのは、十五で船乗りになってからでね。もっとも、大坂で会った時は、けっこう上方言葉も使いこなしていたようだが」

新助が照れた。

「船乗りは、いろんな国の者が居りますんで、どこの在所の言葉を使っても誰もなんとも申しません。ですが、大坂の店の中では、なるべく上方の言葉を使うようにいわれて居りますんで……」

「そりゃあそうだな。郷に入れば郷に従えか」

膳が運ばれて来て、新助は嬉しそうに箸を取った。気持のよいほどの健啖で膳の上のものを平らげ、飯を三杯、それでも、

「昔からみると食わなくなったな」

と東吾が感心している。

飯が終ると、新助は東吾ともっぱら船の話をしはじめた。それも操船とか気象に関する専門的なことを新助が東吾に訊ね、東吾が答えるといったふうなので、るいは遠慮して台所へ行き、お吉や女中達にもその旨を伝えて、あまり居間へ近づかないよう注意してから、自分は八丁堀の畝源三郎の屋敷へ出かけた。

このところ、娘の千春は琴の稽古に夢中で、畝源三郎の娘のお千代と双方の家を行ったり来たりして連弾《つれび》きの練習をしている。

で、その千春を迎えがてら畝家を訪ねたのであったが、行ってみると、二人の娘はもう少し稽古を続けたいという。

「たまにはよろしいでしょう。まあ、お茶でも召し上って……」

とお千絵に勧められて居間に落着くと、

「さっき、飯倉の仙五郎さんが参りましたの」

註文しておいた手桶を、ついでがあってと届けに寄ってくれたのだが、

「芝浦で人殺しがありましたとか」

仙五郎はそれを畝源三郎に報告するために、屋敷へ寄り、出先を訊いて行ったのだという。

「なんでも、小鯔《おぼこ》網を下《おろ》しに来た人が殺されたとか」

昨日、六月十五日は芝浦沖の小鯔漁が解禁になる日だとお千絵にいわれて、るいもうなずいた。

「そういえば、昔は随分、盛んで、あのあたりの娘さんが着飾って踊り行列をするというので芝浦まで見物に行ったことがありましたっけ」

小鯔は鯔《ぼら》の幼魚の名であった。

おぼこから始まって、いな、ぼらと大きくなるにつれて名の替るこの魚は出世魚の一つに数えられて、縁起がよいと、御祝儀の際の贈り物に使われたりしているが、その幼魚時代の漁場はもっぱら芝浦沖であった。

で、初漁の日には大勢が押しかけて来て網を下し、天保の頃には大層な賑わいをみせたが近年、あまりはやらなくなっている。

一つには六月十五日が日吉山王祭と重なっている上に、この魚は一尺以上に成長して鯔と呼ばれるまでにならないと、どうも泥くささがあって、美味とはいい難い点が人気にかげりが出た理由のようである。

それでも好事家は解禁の名に惹かれて芝浦まで出かけて行く。

「また、畝様のお仕事が増えましたのね」

「早く下手人がみつかるとよろしいのですけれど……」

眉をひそめている中《うち》に、娘達の稽古が終り、るいは千春を伴って大川端町へ戻って来た。

東吾は「かわせみ」の帳場のところで嘉助と話をしていて、新助は今しがた帰ったという。

「それは申しわけないことを致しました」

もう少しゆっくりして行くとばかり思っていたので、と、るいがあやまり、東吾が首をふった。

「あいつは、これから茅場町の利倉屋へ行くんだそうだ」

新助が奉公している大坂の利倉屋と江戸茅場町の利倉屋は親類筋に当り、同じ廻船問屋だが、大坂の利倉屋がもっぱら上方から瀬戸内を廻って北の海を日本海沿いに出雲から鳥取、若狭、加賀、越中、越後を経て酒田湊、或いは松前までの航路で商いをするのに対して、江戸の利倉屋は上方から江戸への廻船を主にしている。

「今度、あいつが乗って来たのは茅場町の利倉屋の船でね。どうやら、あいつ、八右衛門旦那の娘の聟にと望まれているらしい」

果報な奴だと、東吾は我がことのように目を細くした。

「もっとも、果報は八右衛門旦那のほうかも知れないよ。あいつは人柄も良いし、土性っ骨もある。さきゆきが楽しみな男だ。もっとも、当人は船問屋の主人より、日本一の船頭になりたいらしいがね」

珍しく饒舌になっている東吾にうなずきながら、ふと、るいが訊いた。

「あちらの御両親はお達者でいらっしゃいますの」

「それが、今日、あいつが話したんだが、子供の時から母一人子一人なんだと……そのお袋さんは今も御殿山の裏にいる」

「お独りで、ですか」

「一人暮しには違いないが、そこはお袋さんの実家があって兄さん夫婦だの、妹夫婦が近くに住んでいる。お袋さんにとっては暮しやすい土地らしい」

東吾の言葉を受けて、嘉助がいった。

「まあ人間は年をとって来ると住み馴れた土地から移るってのは、なかなか勇気の要るものですし、まして江戸から上方へということになれば、お袋さんが二の足をふみなさるのは当り前だろうと思います」

「新助さんは、おっ母さんを大坂へ連れて行こうとなすっているんですか」

どうやら、東吾と嘉助は今までその話をしていたらしいと気がついて、るいが訊き、東吾が合点した。

「新助にしてみりゃあ、一人っきりの母親をいつまでも打っちゃっておけねえ気持なのさ」

「御先方はどうなのですか。新助さんをお聟さんに欲しいっていう利倉屋さんのほうは」

「八右衛門旦那も、娘のおはつも、一日も早く、おっ母さんを大坂へ迎えるように強く新助にいっているようだ。長いこと寂しい思いをさせたことだし、一日一日、年を取る親を一人にしておいてどうすると、新助を叱ったというからね」

「それじゃ、新助さんが江戸へ来なすったのは、おっ母さんを迎えに来たってことですか」

「当人はその心算だが、どうも、お袋さんがうんといいなさらねえらしい」

「でも、大坂の利倉屋さんの跡つぎになったら、おいそれと江戸へは出て来るわけにも行きませんでしょう」

江戸と上方をつなぐ樽廻船の店の主人ならばまだしも、大坂の利倉屋の商売は北廻船であった。

「そうなんだよ。それで、あいつ、弱っちまっているんだ」

嘉助が年長者の余裕で組んでいた腕を解《と》いた。

「まあ、暫く、様子をみては如何なものかと存じます。新助さんのお袋さんもまだ五十になりなすったばかりで、畑仕事なぞもお好きにやってお出でだといいますから、もう少々はお袋さんの気のすむようにまかせておくしかありますまい。その中には周囲の事情も変ってくるかも知れませんし……」

「そうだなあ」

先にお吉に迎えられて台所へ行った千春がほおずきを器用に鳴らしながら帳場へ戻って来て、夫婦は漸く腰を上げた。

三

翌日、午を過ぎて、空は晴れ、陽が照っているというのに、突然、ばらばらと降って来た雨に驚いて、東吾が走って「かわせみ」へ帰って来ると、豊海《とよみ》橋の方角から同じような恰好でやって来る畝源三郎とその背後の長助と仙五郎の姿がみえた。

「かわせみ」の暖簾口で双方が落ち合って、

「狐雨《きつねあめ》ですな」

「天泣《てんきゅう》ともいうそうだ」

「なんですと……」

「天が泣くと書くんだよ」

ぞろぞろと土間へ入って来ると嘉助が若い者に指図して桶に水を汲ませ、お吉が手拭を何枚も持って上りかまちで出迎えている。

「まあまあ、とんだお天気雨で……」

濡れた着物の背中を拭いてもらって、源三郎が、

「まだ御用の途次なので……」

雨宿り旁《かたがた》、話を聞いて下さいと、帳場の脇の小部屋へ自分から落着いた。

「実は昨日、飯倉から仙五郎が来ましてね。芝浦で早朝、首をしめられた男の死体が漁舟の中で発見されました」

年頃は五十なかば、髪形、身なりからすると町人で、暮しむきはそう悪い様子でもない。

「見た所、堅気らしい様子ではありますが、どこか崩れた感じもありまして……」

助っ人にかけつけた長助と仙五郎が漁師仲間をかけ廻って調べた結果、金杉橋の近くに住む伝吉という男で、大層、釣りが好きで少々は網も打つ。よく芝浦へやって来て漁師に舟を出させているると判った。

「実は今日、仙五郎と長助を連れて金杉橋の近くの伝吉なる者の家を調べて来たのですが、女房子はなく一人暮しで、近所の者とも殆どつき合って居りませんでした」

これといって商売をしているふうでもなく、どこかへ奉公している様子もないのに、金に困っているとも見えず、家主の話では店賃を滞らせたことはないという。

「今のところ、身許を知る手がかりはありませんが……」

ちょっと見てもらいたいものがあります、と、源三郎が仙五郎をうながし、仙五郎が風呂敷包にして背負っていたのを下して、大事そうに開いた。

赤い顔の大きな面が一つ。太い鼻が天狗のように突き出ている。

「死体が、かぶっていたものです」

東吾の横からのぞき込んだ嘉助が思わずといった声を上げた。

「こいつは、猿田彦の面でございますよ」

眺めていた東吾と源三郎が一瞬、あっという顔をした。

「今はもうすっかりすたれてしまいました。若先生や畝の旦那はおそらくずっと昔の昔、まだ小さいお子だった時分にごらんになったことがおありかも知れません」

六月五日の大伝馬町、七日の南伝馬町、十日の小舟町と三町の牛頭《ごず》天王祭を合せて三祇園会《ぎおんえ》と呼んでいた祭礼がまだ盛んであった時分に、その三祇園会の先触《さきぶれ》に、神田明神の社家の者が羽織袴姿に猿田彦の面をかぶり、氏子の町々を巡行した。

「わいわい天王と申しましたら、思い出されるかも知れません」

嘉助の言葉に、ちらし鮨を運んで来たお吉が派手に反応した。

「わいわい天王なら憶えていますよ。赤い紙に牛頭天王って書いた護符をくばって歩く人のことでしょう。女子供が取り囲んで、ええと、なんといいましたっけ。天王さまは、囃《はや》すのがお好き、子供囃せ、わいわいと囃せ、撒《ま》け撒け拾え、囃せや囃せ、わいわいと囃せ」

途中からお吉が節をつけ、源三郎と東吾が一緒になって声に出した。

「そうか。あれがわいわい天王か」

長助と仙五郎も、なつかしそうな笑顔になった。

「たしかに、お吉さんのいう通りでございますよ。五月の末くらいになると、この猿田彦の面をつけた男が赤い札を撒いて、子供はみんな争って拾ったもんでござんした」

夏というときまって流行する疫病除の守札として庶民にもてはやされたものだが、肝腎の三社が大火で焼けてしまったりして、いつの間にか行事そのものが消えていた。

「なんだってまた、殺された者が猿田彦の面なんぞつけて居りましたんで……」

赤い面は古びていたが、それなりに立派なものであった。耳に当る部分には朱色の紐がついている。

「どうやら、かぶっていたというよりも、顔にのせてあったというようなもので、紐は結んでありません」

「そうしますと、殺した奴が死人の顔にのせて行ったってことでございますかね」

温厚な宿屋の番頭の顔が、すっかり昔の定廻《じょうまわ》りの旦那の腕ききの小者の顔に戻った感じで、嘉助が目を光らせた。

「猿田彦の面が、なにか意味があるんでしょうかね」

すっかり腰を落着けたお吉が好奇心を丸出しにしたが、源三郎は首を振った。

「今のところ、なんとも申せません。ただ、この面がわいわい天王の祭に用いられたものかも知れないとわかったところから、なにかてがかりがつかめるかも知れません」

ちらし鮨をあっという間に平らげて、長助と仙五郎をうながし、源三郎は狐雨が上って蒸し暑さの増した江戸の町へ出て行った。

居間へ戻って、東吾は蚊やりの具合をみているるいに訊いた。

「るいは、わいわい天王の祭というのを憶えているか」

「あまり、記憶がありません」

お吉の歌った節も思い出せなかった。

「俺も、わいわい囃せのところぐらいかな」

おそらく猿田彦の面をつけた男が牛頭天王の守札を撒いて歩いたのは神田明神の氏子、それも三祇園会の行われた三町が中心であったろうから、八丁堀暮しの東吾やるいの場合、そこまで出かけて行かなければ見ることが出来ない。

「嘉助の話だと、二十年くらい前まではあったらしいよ」

「お吉はお祭好きで、どこへでも出かけて行ってましたし、嘉助は父のお供で町々を歩いていたでしょうから……」

「そうだろうな。長助や仙五郎もすっかり忘れていたようだ」

「長助親分はとにかく、仙五郎さんは飯倉ですもの。その時期、神田あたりへ出て来なければ、見ることはありませんでしょう」

「歌は聞いた憶えがあるといっていたがね」

廊下を嘉助が来た。

「おくつろぎの所を申しわけありませんが、思い出したことがございまして……」

「わいわい天王のことか」

まあ入れよ、と東吾がうながし、嘉助は敷居ぎわにすわった。

「先程、猿田彦の面をみせてもらいました時に、なにかこう、胸の奥のほうでつかえたようなものがございまして……」

これはなんであろうかと、ずっと考え続けていたという。

「やっと、思い出しました。あれは入谷の長松寺で朝顔市が六月十五日から三日間行われた年の、最後の十七日が終った夜のことで、手前はその夕方、漸く出かけて行って植木屋にとっておいてもらったのを受け取りました」

傍にいたるいが思わずうなずいたのは、或る時期からそれが嘉助の毎年の習慣であったからで、自分の楽しみのためではなく、毎日、一人で八丁堀の屋敷を守っているるいを喜ばせようという嘉助の心遣いであった。

朝顔だけでなく、嘉助は折に触れ、よく花のついた鉢物を求めて来ては、

「こんなものをみつけましたんで……」

と、るいに渡してくれた。それはるいの手で部屋や縁先に飾られ、定廻りの激務に疲れて帰って来る父の目をも楽しませた。

とりわけ、朝顔は翌朝はいくつ花が開くかと前日、るいと嘉助、後にはお吉も加わって当てものにしたり、種子を採って年々、増やしたりとさまざまの思い出がある。

その朝顔の鉢を、嘉助は毎年、入谷のあちこちで催される朝顔市で求めていたものであった。

「手前が長松寺へ参りました時、市はもう終って居りまして、花作りの職人達が集まり、市が無事に終ったのを祝って茶碗酒を飲んで居りました。若い衆は売れ残りの鉢を荷車に積んだり、そこら中を掃除したりと、けっこうごった返して居りましたのですが、その中の何人かが、むこうをわいわい天王が通ったと申します」

つまり、猿田彦の面をつけた者が長松寺の境内を通り抜けて行ったということで、

「そこらにいた連中はそんな馬鹿なことがあるかと申しました」

わいわい天王が町を廻るのは、おおむね五月の末と決っていた。第一、三祇園会は六月十日の小舟町で終ってしまうので、それから七日も経った今頃、猿田彦の面をつけた者がうろうろする筈はない。嘉助もそう思いながら朝顔の鉢を受け取って長松寺の境内を去った。が、いくらも行かない中に、背後で、

「人が殺されているぞ」

という叫び声が聞えた。

嘉助がとって返すと、場所は長松寺の本堂の裏側で夏草が茂り放題のところに若い男が胸を一突きされて死んでいた。

「遺体には、まだ温みが残って居りまして殺《や》られて間もねえ。慌てて植木職の連中に声をかけ、手前もあたりをかけ廻りましたが、あのあたりは小さな寺が寄り集っている上に、東側は入谷田圃が広がって居ります。宵の口とはいっても、もう暗く、あまり出歩く人もございませんので……」

殺された若い男の身許はすぐ判った。植木職の中に顔を知っている者があったからで、日本橋品川町の廻船問屋、西国屋の主人で重太郎。

「実は前の年に父親の重右衛門と申しますのが、脳卒中で急死しまして跡を継いだばかりでして、まだ二十五という若さでございました」

「廻船問屋か」

東吾が低く呟き、それまで息を呑んで聞いていたるいがいった。

「西国屋さんなら、今も御商売を続けていますよ。品川町の裏河岸に大きな蔵がいくつも並んでいて……」

室町へ買い物に行く時は、よくその脇を通ると告げた。

「左様でございます。只今の主人は重兵衛と申しまして、長松寺で殺された重太郎の弟に当りますので……」

あれから今年で二十八年目。

「長松寺の事件のありました年は、本郷から湯島にかけて大火事がございましたんで、間違いはございません」

例によって嘉助の記憶はしっかりしている。

「重太郎殺しの下手人は挙がらなかったんだな」

東吾が念を押し、嘉助が唇を嚙んだ。

「庄司の旦那様のお指図で、随分と走り廻りましたが……」

「疑わしいと思った奴は誰だ」

視線を落した嘉助へ、東吾が冗談らしくいった。

「弟の重兵衛って奴はどうなんだ」

嘉助が僅かに表情をゆるめた。

「殺された重太郎は穏やかな人柄のようで、日本橋界隈の若旦那衆の中でも評判のいい一人と聞きました。どう調べ廻っても人に怨みを受けるといった話が出て来ませんで、そうなりますと、重太郎が殺されて得をした人間が疑われます。それと、重太郎と重兵衛は母親が異なりますので……」

西国屋重右衛門の女房は重太郎を産んでまもなく患いつき、一年足らずの中に他界して、その後、おかのというのが後添に入った。

「重兵衛はおかのの子でございます」

ただ、異腹の兄弟仲はとりわけ悪いという噂もなかったと嘉助はいう。決定的であったのは、

重太郎が殺された時、重兵衛が江戸を留守にしていた点で、

「町内の方々と一緒に母親連れで成田詣でに出かけて居りまして、肝腎の十七日は宿坊泊りでございました」

東吾が自分の額を軽く叩いた。

「そいつは、どうしょうもねえなあ」

江戸と成田では、ちょっと抜けて人殺しというわけには行かない。

それでも嘉助は成田詣での旅に同行した品川町の旦那衆を一人一人廻って話を聞いたが、

「重兵衛が旅の途中で一行から離れたことは全くないとわかりまして……」

重兵衛への疑いは否応なしに晴れた。

「自分が手を下さずとも、人に命じてということはありませんの」

るいが口をはさみ、嘉助が苦笑した。

「実は、庄司の旦那様はそれをお考えになりまして、重兵衛の身辺をよくよく探るよう御指図がございました。ですが、どう根気よく嗅ぎ廻っても、これというのに行き当りません」

重兵衛と親しくしていたのは、従弟に当る助九郎という男であった。これは、重右衛門の妹が小田原町の魚問屋、大和屋長次郎へ嫁いだが、姑と折り合いが悪く、一男一女を産んだものの、亭主に先立たれ、すったもんだのあげく婚家を出て、兄の重右衛門の厄介になった。

「助九郎と申しますのは、その子でして、西国屋の船に乗って働いて居りました。重兵衛とは年も一つ下、子供の頃から仲よく遊んで育った関係で、実の兄の重太郎より気心の知れた間柄と申

すことでございましたが、こいつは当時、西国屋の船で上方へ向っている航海の途中で……」

西国屋は菱垣《ひがき》廻船で江戸と上方を往復するが、途中はどこにも寄港しない。無論、その時も、品川からまっすぐ西宮港まで順調な航路であった旨が証明されている。従ってその船に乗っている助九郎が途中で船を下りるというのも不可能であった。

「成程、それでお手上げか」

その当時、るいの父親の庄司源右衛門とその指示を受けて探索に当った嘉助達がどれほどの苦汁を舐めたかが目に浮んで、東吾も唇を噛んだ。

「手前が何故、このような古い話をお耳に入れたかと申しますと、芝浦の件で、殺された男が猿田彦の面を顔にのせられていたというのが、どうも気になりまして……それで思い出しましたのが、二十八年前の長松寺の事件で、あの折、朝顔市の者が猿田彦の面をつけた者が長松寺の境内を抜けて行ったのを見て居ります。時刻からいって、そいつが重太郎を殺《や》ったと考えられないこともございません」

重太郎殺しの探索の折、嘉助は千住大橋の近くにある牛頭天王社を訪ねたといった。入谷の長松寺から、さして遠くない場所であったから、もしやと思ったものだが、

「そちらでは、日本橋の三祇園会のように猿田彦の面をつけた者が護符を撒く風習もなく、猿田彦の面なぞを所有してもいないといわれてしまいました」

ということは、入谷の長松寺のあたりを猿田彦の面なぞをつけて歩くのは、少くともあの辺りの者ではなさそうである。

「うまく申せませんが、なにやら心にひっかかりまして……」

東吾が立ち上った。

「今から源さんの所へ行ってくる。ひょっとすると二十八年前、入谷の闇の中に消えた猿田彦が芝浦へ舞い戻って来たのかも知れないぞ」

大刀を手に、「かわせみ」を出て行く東吾を、嘉助はすまなさそうに何度も頭を下げながら見送った。

## 四

源三郎が動いた。

指示を受けて、源三郎の息のかかっているお手先が西国屋に関する聞き込みを行った。

東吾が長助から連絡を受けて軍艦操練所の帰りに深川佐賀町の長寿庵へ行ってみると、畝源三郎は二階で蕎麦をたぐっていた。東吾を迎えた顔に、僅かながら困惑の色がある。

午飯がまだだという東吾のために、長助が蕎麦を運んで上って来たが、こちらも今一つ元気がない。

「西国屋の件は、脈なしかい」

無駄働きだったかと東吾も少々、がっかりして腰を下すと、

「とんでもない。あたり具合は凄いものですよ。流石《さすが》は嘉助です。渡してくれた竿の糸はちょいと触っただけで、間違いなく大物がかかりそうな感じですよ」

箸の手を止めて、源三郎がにやりと笑う。

「それにしちゃあ、二人共、威勢が悪いじゃないか」

獲物がかかって来た時のわくわくした雰囲気を源三郎も長助も、無理に押え込んでいるような具合に見える。

「あたりはよかったのですが、途中で思わぬものがひっかかって来て、少々、困っているのです」

東吾さんは、新助という若者を知っていますか、と、蕎麦猪口《ちょく》に汁《つゆ》を足しながら訊く。

「新助というと、大坂の利倉屋の新助か。あいつなら知っている段ではないよ。つい、こないだも軍艦操練所へ訪ねて来て、うちへ連れて来て話をしたばかりだ」

「新助の身許は御存じで……」

「身許だと……」

「親のことです」

「あいつは母一人子一人だよ。母親は品川の御殿山の裏側で暮している」

「父親の名は……」

「知らん」

「西国屋重太郎です」

「なんだと……」

絶句して、東吾が長助を見た。長助が途方に暮れた表情になり、源三郎が続けた。

「重太郎の女房、といっても祝言を挙げてはいないのですが、おきぬといいまして、重太郎の歿《なくな》った母親の遠縁に当り、西国屋へ小間使として奉公していたそうです。重太郎がおきぬを気に入って、父親の重右衛門も承知して夫婦になる筈のところ、重右衛門が卒中で倒れ、急死したことでのびのびになっていた。

そこへ、重太郎が殺害され、おきぬは西国屋から暇を取って御殿山の母親の実家へ身を寄せた。新助が生れたのは九月といいますから、重太郎が長松寺で凶行に遭った時、すでに身重であったと思われます。無論、重太郎の子でしょう」

黙ってしまった東吾を眺めて、長助がぼそぼそと話し出した。

「実は南伝馬町の名主さんの御隠居が昔のことをよく憶えているてえ話を聞きまして訪ねて参《めえ》りまして……御隠居は今でも重太郎さんが殺されたのを残念に思ってお出でで、もし重太郎さんが生きていなすったら、西国屋も今日のように左前になることはなかったとおっしゃいました」

東吾が気を取り直したように長助へ訊いた。

「西国屋は左前なのか」

「へえ、ここんところ、いけねえようです」

源三郎が湯桶《ゆとう》を取りながら、つけ加えた。

「菱垣廻船はだいぶ前から樽廻船に押されているのですよ。西国屋が傾いた理由はそれだけとは思えませんがね」

「源さん、新助が西国屋重太郎の子だと、今度の事件にどう結びつくと考えているんだ」

二階の出窓の所につるしてある風鈴が激しい音をたて、屋根に雨が叩きつける気配がした。昨夜から続いていた雨は午より前に上ったのに、また降り出したらしい。

「これは、仙五郎が芝浦中を歩き廻って調べて来たことなのですが、十五日の小鰡網解禁の日に伝吉が新助と一緒にいるのを見たものがあるのです」

夕方、鹿島明神社のある砂浜で二人の男が向い合ってかなり長いこと話し込んでいるのを漁を終えて戻って来た者が目撃した。

「実はその男達の一人が、新助と一緒の船で上方から来た利倉屋の水夫《かこ》でして、家が芝浦にある。つまり、もともとが漁師の悴《せがれ》なのでして、船が品川沖へ入って休みになったので実家へ帰っていたものです」

あんな所に新助がいる、連れは誰だろうとそいつがいい、兄に当る漁師が、伝吉を見知っていて、あの男はよくこのあたりに釣りに来るので、大方、今日も小鰡漁に来たのだろうなぞという話をした。

「伝吉というと、芝浦で殺されて、猿田彦の面をかぶらされていた男だな」

東吾が目を光らせ、源三郎がうなずいた。

「仙五郎は、もっぱら伝吉のほうを調べて居りまして、たまたま、その話に行き当ったのです」

伝吉の身許はまだはっきりしないが、金杉橋の近くの家に住むようになったのは六年前からで、

「大家の話によると本年五十五だといいますから、五十になる前に金杉橋へ来たことになります」

その当時から女房子は居らず、滅多に訪ねて来る人もない、当人が働いて稼いでいる様子もなかったと近所の者が口を揃えていう。

「そのくせ、暮しはそれなりに悪くなかったというのですから、考えられるのは、どこからか仕送りが来ていたに違いありません」

大家が伝吉から聞いた所では、金持の親類がいて、折々に顔出しをすれば金を渡してくれるというものだが、それを仙五郎に話した大家ですら、あまり信じていない口ぶりであったらしい。

「かなり、うさん臭い奴と思ってよいでしょう」

もう一つ、と源三郎が膝を進めた。

「伝吉と申す男は、海にくわしく、舟の扱いを心得ていたというのです」

年が年なので沖釣に出る時は漁師に舟を漕がせていたが、櫓の扱いも出来るし、天気が変って来るのをいい当てるのは漁師よりも早かったと源三郎がいうのを聞いて、東吾が体を乗り出した。

「そいつ、水夫の出か」

大船に乗り組んで上方から江戸を始終、往復する船乗りなら海上の天気の変化には敏感である。

「大胆すぎる推量かも知れませんが、手前は伝吉なる者はその昔、西国屋の船に乗っていたのではないかと考えているのです」

「わかったぞ」

感情を抑えようと、東吾は声を低くした。

「二十八年前、入谷の長松寺で西国屋重太郎を殺害した下手人は、嘉助のいったように顔をかくすために猿田彦の面をつけていた。芝浦で殺された伝吉の顔に、猿田彦の面をかぶせておいたのは、伝吉を殺した人間が、こいつが重太郎に手を下したんだと世間へ知らせる、少くとも、そういう思いがあってやったのではないか。つまり、敵討だと……」

とすれば、伝吉殺しは新助と、源三郎は判断したことになる。

「新助は、今、どこにいる」

東吾の言葉に長助が早口に答えた。

「茅場町の利倉屋に……なんでも利倉屋喜左衛門さんが店の者に新助を店から出すなと命じたとかで……ずっと店の中に居りますようで……」

長助の下で働いている松吉というのが見張っているという。

「行こう。とにかく、俺は新助に会う」

どやどやと二階を下りて、三人が深川佐賀町を駆け抜けた。

永代橋と豊海橋を渡って日本橋川沿いの道をまっしぐらに走る。

利倉屋喜左衛門の店は日本橋川の鎧の渡しに近く、西側は牧野河内守の上屋敷と隣合っている。

東吾達が近づいた時、利倉屋の店からばらばらと若い者達がとび出して来た。岸に繋いであった舟の艫綱《ともづな》を解く者、櫓に取りつく者。彼らの後から出て来た白髪頭の立派な顔立ちをした男が東吾をみて、声をかけた。

「そちら様は八丁堀の神林様ではございませんか。手前どもに何か……」

「新助に会いに来た。新助を呼んでくれ」

「新助は西国屋の奴らに呼び出されて入谷の長松寺へ参りました。手前共は新助の加勢に参る所で……」

「俺も行くぞ」

「どうぞ、お乗り下さい」

舟は八丁櫓の格別なものであった。漕ぎ手が掛け声を揃えて、あっという間に大川へ出る。舟足の速さは目を奪うばかりである。

あとで東吾達は知らされたのだが、この舟は房州の漁師が朝採りの魚を生きたまま江戸の魚市場へ運ぶための快速舟を改造したもので、腕ききの漕ぎ手を揃えて大川を飛ぶように上って行く。

「最初に、これだけは申し上げておきます」

船尾に近い所に腰を据えて、喜左衛門が東吾と源三郎に穏やかだが、きっぱりした口調でいった。

「新助は人殺しをして居りません。伝吉と申す男を殺害したのは余人でございます」

東吾が正面から喜左衛門をみつめた。

「新助が、そう申したのか」

「手前は新助からすべてのことを聞いて居ります。新助の申したことを信じて居ります」

「さらば、俺もいう。本音を申せば、俺も新助を信じている。俺は十六日の午すぎ、軍艦操練所へ訪ねて来た新助に会っている。あの時の新助の顔は前夜に人を殺して来た者の顔ではなかった。俺の知っている、さわやかで負けず嫌いの、海の男の顔であった。あいつが人殺しなぞするわけがない」

喜左衛門が皺を刻んだ目許を和ませた。

「ようこそおっしゃって下さいました。その御言葉、新助が、さぞ喜ぶことか……」

川上へ目を向けたまま、頭を下げた。

その間にも舟はみるみる御蔵前を通りすぎる。

大川を行く舟は、みなこの早舟の快速に驚いて岸辺へ避け、船首《みよし》に立った若者が、それらに対し、

「御容赦、御容赦を願いまする」

と頭を下げて行く。雨中のことでもあり通行の舟は多くなかった。大川から山谷堀に、舟が停ったのは下谷通新町の橋ぎわで男達が岸へかけ上り、すさまじい早さで入谷へ走る、東吾も源三郎も長助も韋駄天《いだてん》になって駆けた。

どしゃ降りの雨の中である。

長松寺の裏手、入谷田圃の中では三人の男が卍巴《まんじどもえ》になって闘っていた。

利倉屋の男達がためらいもなく泥田の中へ入って行き、東吾も源三郎も長助もずぶずぶと足がめり込む深田へ踏み込んだ。

「新助……新助はどこだ」

東吾が叫び、長助が十手を持つ手を高く上げた。

「どいつもこいつも神妙にしやあがれ」

泥人形のような一人が逃げ出したが、忽ち利倉屋の男達に取り囲まれた。

「神林先生」

泥の中に一人を組み敷いた男が、白い歯をみせて東吾を呼んだ。

## 五

捕えられた西国屋重兵衛と助九郎は伝馬町の牢へ送られたが、新助は番屋での取調べの後、利倉屋喜左衛門あずかりという形で茅場町の店へ戻ることが許された。

奉行所の吟味は、この節にしては珍しく数回にわたって聞き取りが行われ、その都度、関係者が呼び出されて証言をするなど丹念なものであった。

その結果、西国屋重兵衛、ならびに西国屋宰領頭、助九郎の両名は死罪、店は闕所《けっしょ》となった。

二十八年前、重兵衛は従弟に当る助九郎と謀《はか》って、船頭上りの伝吉を使って異腹の兄、重太郎を殺害させ、西国屋を乗っ取った。

「重兵衛は父親の重右衛門が生きている時分に、内証で何度も相場に手を出し、その都度、失敗して店に莫大な損害を与えていたそうだ。父親がたまりかねて勘当をいい渡したが、重兵衛の母親のおかのというのがとりなして、以後、西国屋の商売には一切、かかわらないこと、然るべき伝手《つて》を求めて外へ奉公に出るように約束させた。ところが重兵衛は母親から小遣をくすねてぶらぶら遊んでいる。その相手が助九郎というわけだ。そうこうする中に父親が急死する。跡取りは無論、長男の重太郎だ。これは人柄もよいし、商売熱心の働き者で町内の人気者だ。出来の悪い弟としては面白くないな」

一件落着した午下り、夜明けまで降っていた雨はすっかり上って涼風が心地よい。

「かわせみ」の店内では東吾とるいを囲んで嘉助とお吉の前に、先程、畝家から届けられた葛菓子で香ばしい煎茶が出ている。

「信じられませんね。いくらおっ母さんが異なるからといって、血の続いた兄さんを弟が……」

煎茶茶碗を掌に包みこむようにして、お吉が顔をしかめ、嘉助が忌々しそうにいった。

「いやな野郎でしたよ。二十八年前、庄司の旦那様のお調べであいつに会った時、下手人はこいつに間違《まちげ》えねえと思ったくらいで……」

「悪い奴ほど悪智恵が働くのさ。自分は成田詣でに出かける、伝吉に直接、指図をした助九郎は船に乗る。どっちも江戸にいなかったとなればお上だってやみくもに縄はかけられねえからな」

東吾の言葉に、嘉助が歯がみをした。

「あの時、伝吉にたどりつかなかったのが残念でなりませんよ」

どれほど聞き込みを続けても、どこからも伝吉の名が出て来なかった。

「無理だよ。助九郎が伝吉と知り合ったのは船の上。伝吉が西国屋の船で水夫をしていた時分、助九郎も同じ船に西国屋の手代で乗っていたんだ」

伝吉はその後、上方でつまらぬ喧嘩で相手に大怪我をさせ、船を追われた。

大坂で無頼な暮しをしている伝吉を、たまたま廻り合った助九郎がなんと思ったのか、知り合いの北廻船の船頭に頼んで水夫にやとってもらった。

「伝吉の奴、二年ばかりは北廻船で働いていたのが、性こりもなく仲間といざこざを起して酒田湊で船から下ろされた。で、尾羽打ち枯らして江戸へ来て、助九郎に泣きついた」

当人は助九郎に口をきいてもらって西国屋の船で働かせてもらおうという腹だったが、助九郎が考えたのは、伝吉を人殺しの駒に使うことであった。

「伝吉に金をやって重太郎を殺させたのは、奴が江戸へ出て来て四日目なんだ。折しも、重兵衛は母親連れで成田山へ行くし、自分も船で上方へ向う。その留守に江戸へ舞い戻って来たばかりの伝吉を使って重太郎を殺させようなんざ剃刀《かみそり》の刃渡りみてえな芸当だが、悪運が強いのか、こいつがうまく行っちまったんだな」

助九郎から五十両の金を受け取って、うまく行ったら、大坂で残りの五十両を渡すと約束された伝吉は長松寺で重太郎を殺した足で、そのまま、東海道を上方へ向う。

「なにしろ、四、五年前に西国屋の船の水夫をしていただけの男だ。どう聞き込んだところで助九郎とのつながりは見えやしない」

るいが嘉助のために、新しい茶を注いでやりながら東吾へいった。

「でも、そのことで助九郎はずっとお金をゆすられていたのでしょう」

二十八年間にどれほどの金を伝吉に渡していたのかと、るいがいい、東吾が笑い出した。

「その件じゃ、助九郎が白状した時、お白洲《しらす》にいた役人衆がみんな顔を見合せて、声を失ったとさ」

二十八年の間に、千両箱が三つだぞ、と東吾がいい、「かわせみ」の居間はやがて笑いに包まれた。

「そのせいもあって、西国屋は商売が成り立たなくなったのさ」

廻船問屋でいくら稼いでも、ずるずると大金が流れ出して行く。とりわけ、ここ何年かは借金で首が廻らなくなって、奉公人までが一人去り二人去りの有様であった。

「冗談じゃありませんよ。それじゃ兄さんを殺して西国屋の身代をむしり取った意味がないでしょうが……」

お吉が横腹を押えていい、るいが不思議そうに首をかしげた。

「伝吉って人を芝浦で殺したのは、助九郎の仕業なのでしょう。つまりは長年、お金をゆすられて我慢出来なくなった。でしたら、どうして……」

東吾がくちごもった女房の言葉の先を続けた。

「もっと早くに伝吉を殺さなかったのかってことだろう」

人間、切羽《せっぱ》つまらないと人は殺せないものだろうと東吾は妙に納得した口調でいった。

「ののしり合ったり、なぐり合ったりして、かっとなって殺るってことはあるだろう。この野郎、殺してやりたいと思っても、素人はなかなか手を下せない。まして大店に生れて何不自由なく暮している者が人を殺すのは難しいだろうよ。追いつめられ、どうしようもなくなって人は罪を犯す。もっとも、世の中には人を殺すのがなんともないという生れぞこないもいるようだから、要心しなけりゃならねえがね」

廊下を女中のお晴《はる》が来た。

「畝様がおみえになりましたが……」

これはこれはと慌てて嘉助が立って行き、るいが帳場まで出迎えた。

源三郎は一人ではなかった。背後に白髪の利倉屋喜左衛門と新助がいる。

「このたびはいろいろと御配慮をたまわり有難く存じました。実は、新助が間もなく上方へ戻りますので、御礼やら御挨拶をと……」

居間へ通ってから喜左衛門が挨拶し、新助が神妙に手を突いた。

「ちょうどよかった。大坂へ帰るまでに、源さんに訊きそこなったことを一つ、二つ、当人の口から聞きてえと思っていたところだ」

茶菓が供されてから東吾がいい、新助が改めてお辞儀をした。

「芝浦の鹿島明神のところで、新助は伝吉と話をしたんだな。伝吉はどうしてあんたを西国屋重太郎の忘れ形見と知っていたんだ」

そこで伝吉と会ったばかりに、危く伝吉殺しの下手人かと疑われた。

「伝吉に声をかけられたのは、あの日の朝、品川の浜辺でございました」

しっかりした口調で答えはじめる新助を、喜左衛門が安心した表情で眺めている。

「あんたは西国屋の身内か。昔、歿った重太郎旦那のみよりの者ではないかと訊かれました。あとで聞かされたことですが、伝吉は上方から着いた利倉屋の大船を見物に品川へ来て、積荷を下している俺をみて、重太郎の幽霊ではないかと仰天したそうです」

それほど、新助が死んだ父親に似ていたからで、年頃からいっても、重太郎が横死したのと、ほぼ同じであった。

「俺は確かな返事をしませんでしたが、伝吉はどうしても話したいことがあるので、暮六ツぐらいに芝浦の鹿島明神のあたりへ来てくれと申します」

少々、迷って結局、出かけて行ったと新助は話した。

「俺は母親から自分の父親が誰か、俺が生れる前に何者かに殺されたが、下手人は挙がらなかったことを知らされていました。それで、もしやと思ったからです」

果して、伝吉は西国屋重太郎を殺した者を自分は知っていると新助に切り出した。

「名を知りたければ十両出せといわれ、俺は船乗りにそんな大金はないと申しました。で、逆にいろいろと問いただしますと、伝吉はしどろもどろになり、俺は、ひょっとするとこいつが父親を殺したのではないかと思いつき、それを口に出しました」

お前が殺したのだろうと新助に図星をさされて狼狽した伝吉は、しきりに否定し、真の下手人を知りたければ、品川町の西国屋にいる助九郎に訊くがよいといって逃げ去った。

「俺はあまり信じませんでした。俺の父親が殺されたことを知っていて、いい加減なことを並べて金を取ろうとしたのかと考えただけでした。ですが、どうにも気になって、翌日、神林先生にお目にかかった後、こちらの旦那のところへ行き、思い切って伝吉の話を打ちあけました」

新助が息をつき、喜左衛門がその後を話した。

「手前が新助から話を聞いて間もなく、店の者が芝浦で人が殺されたそうだと申します。早速、調べに行かせると、どうも新助が話した相手に思われる」

喜左衛門は同業なので二十八年前、西国屋の跡継ぎが殺害されて、その弟が店を相続したのを承知していた。

「その時分から噂はございました。兄を殺したのは弟の仕業じゃ、弟が誰ぞを金でやとって人殺しをさせたに違いないと……ただ、その誰ぞがわからぬままに、歳月が経ってしまいました。新助の話から考えて、手前は二十八年前につきとめられなかった下手人は伝吉ではなかったかと思い当りました。もし、そうならば、伝吉は今でも西国屋とつながっている。ひょっとして、自分が金でやとわれた相手に、自分は今日、新助に会った、もし、本当のことを新助に喋らせたくなかったら、金をよこせとその相手を脅した結果、殺害されたとすると、下手人はもう、西国屋の重兵衛か、店を自由にしている助九郎か。それならば、そいつは伝吉から新助のこと、新助が手前共の船で江戸へ来たこと、茅場町の店に滞在していることなどを聞いたおそれがございます。手前は新助に決して店から出るなと申しました」

だが、敵は意表をついた行動に出た。

助九郎自らが堂々と利倉屋へやって来て名を名乗り、新助を呼び出して連れて行った。

ちょうど喜左衛門は近くに出かけていて、新助が助九郎と出て行くのと一足違いに帰って来た。

「店の者は事情を知らず、西国屋の宰領頭ほどの身分の人が新助に会いたいというて来たと、なんの気もなく新助に取り次いでしもうたのでございます」

しかし、出て行く時に新助がどこへ行くのかと訊き、助九郎が入谷の長松寺と返事をしたのを送りに出た小僧が耳にして居り、喜左衛門は直ちに新助の後を追おうと店を出た所で東吾に出会ったものだ。

「その通りですよ」

口をはさんだのは源三郎で、

「助九郎は十五日の夜、呼び出されて芝浦で伝吉と会ったのです。伝吉は猿田彦の面を持って来ていましたね」

その面は二十八年前に伝吉が顔をかくすために使ったものではなかったが、故意に同じような面をたずさえて行ったのは、もし、助九郎がまとまった金を出さなければ、この面を証拠に、自分が助九郎に頼まれて重太郎を殺したと新助にいうという、いわば脅しのためのもので、面をみせられた助九郎は逆上して、伝吉に襲いかかり締め殺してしまった。

「その上で伝吉の顔の上に面をおいたのは、二十八年前の下手人はこの男という意味ではなくて、ただ、伝吉の死に顔があまり恐ろしかったので、それをかくすために夢中でやったことだったようです」

東吾が明るい声で笑い出した。

「どうも俺達は物事を深読みする癖があるな」

もう訊ねることはない、と立ち上って机の上から一冊の本を持って来た。

「最近、入手した航海に関する本だ。俺はもう読んでしまったから、新助にやるよ。何かの役に立つかも知れない」

新助が押し頂き、大事そうに懐中した。

新助の旅立ちを祝って、酒と肴の膳が運ばれ、喜左衛門も嬉しげに盃を取った。

ひとしきり歓を尽して、喜左衛門と共に帰って行く新助を帳場まで見送りながら、東吾が訊いた。

「あんたのおっ母さんだがね、重太郎が殺されて通夜も野辺送りもすまない中に実家へ帰ったのは、重兵衛達に追い出されたのかい」

新助が優しい微笑を浮べた。

「父が申していたのだそうです。自分になにかあったら通夜も野辺送りにも立ち会うことはない。一目散に実家へ逃げろ。それが腹の子を守る唯一の道だと……母はその通りにしたと申していました」

東吾が大きな吐息をついた。

「お袋さんを大事にしろよ、親は我が子を守るためにはどんなことでもやってのける。我が子が幸せなら、それが一番。親の気持をわかってやれよな」

新助が大きな声で、はい、といい、女達はふっと涙ぐんだ。

「かわせみ」の軒先を燕がかすめた。

# 二人伊三郎《ふたりいさぶろう》

## 一

この年の江戸は暦が秋になっても残暑がなかなか失せなかった。

八月一日、江戸幕府では始祖、権現様の入国を記念して八朔御祝儀の公式行事がある。

将軍をはじめ御三家御三卿、老中、若年寄、諸大名がみな白帷子《しろかたびら》の麻裃《あさがみしも》を着用し、総登城して祝賀を表すが、大奥においても御台所《みだいどころ》から仕える女中達が同じく白帷子姿となる。

それを真似たのか、いつの頃にか吉原の色里でも遊女が揃って白帷子を着、それを八朔の雪などともてはやすようになった。

最初は白帷子であったのが、或る年、格別に気温が下って白帷子では如何にも寒々とした所、或る遊女が白小袖を着用した。

白帷子よりは白小袖のほうがみてくれも立派であるし、着栄えがする。で、我も我もと白小袖になって、八朔の日が暑くても我慢して白小袖という風俗が定着した。

「そいつが、今年はあんまり暑いんで、松葉屋の瀬川がめまいを起したり、散茶女郎《さんちゃじょろう》が何人もひっくり返ったてんで、楼主達が申し合せて白帷子に着替えさせたそうでして……」

どこから聞いて来たのか、深川佐賀町長寿庵の長助が汗を拭き拭き、「かわせみ」の台所で披露していると、奥から千春が走って来て、

「お父様が一休みするので航吉さんに甘いものと冷たいものを上げて下さいとおっしゃいました」

とお吉に告げ、

「長助親分、いらっしゃいませ」

丁寧にお辞儀をして、また、ばたばたと出て行った。

お吉が冷えた麦湯に、あらかじめ作って、鍋ごと井戸につるして冷やしておいた白玉入りの汁粉を女中達にひき上げさせ、ギヤマンの鉢にたっぷりよそって三人分、自分で奥へ運んで行く。

それを見送って長助が、

「へえ、今日も航吉《こうき》っつぁんが来ているのかね」

女中が勧めた汁粉を断って、板前に訊いた。

「上方から乗って来た船の刎荷《はねに》に何か揉め事があったとやらで、その悶着《もんちゃく》が片付くまでは船が出せねえで水夫《かこ》の大方は品川で足止めなんだと」

「船頭は航吉っつぁんの親父かね」

「いいや、親父さんは別の船でどこかの藩の御城米運びをしているそうだよ」

「それじゃあ刎荷の厄介事には巻き込まれねえな」

「そういうことよ。若先生も航吉の親父でなくってよかったといってなすった」

刎荷とは、打荷ともいって船が嵐に遭ったりして沈没の危険がある時、積荷の一部を海中に捨てることで、あらかじめ、荷主ともそのような約束がかわされているものだが、滅多にあることではないし、捨てた荷の数や本当に刎荷をしなければならない状態だったのか、船頭の判断に疑いがかかったりして、こじれると面倒になる。そうなると、船の最高責任者である船頭の立場はなにかと難しくなるので、そのあたりを知っている長助が、航吉の父親の岩吉が船頭をつとめて来た船ではなかったかと心配したものである。

「するってえと、航吉っつぁんは天下晴れて、若先生に航海術ってのを学びに来ているんだな」

「弟子も熱心だが、若先生も熱心だよ。軍艦操練所から帰って来なすって一服もしねえで机に向ったきりだ。お吉さんがいつ声がかかるかって首を長くしてる。二人共、あんまり根をつめて、ひっくり返るんじゃねえかとね」

「二人とも、そうやわじゃねえよ」

「違いねえ」

噂をされたお吉が戻って来た。

「まあ、若先生が航吉っつぁんのことをお賞《ほ》めなすってねえ。この前、来た時、若先生がお貸しになった船の書物をすっかり写して、全部、おぼえてしまったんですと……」

女中に、麦湯のおかわりを奥へ運ぶよういいつけてから、どっこいしょと板の間にすわった。

「すっかり、いい若い衆になりましたよ」

「いくつだね、航吉っつぁん」

「十八ですと……」

「そりゃあ、いい船頭になるだろうなあ」

長助が目を細くした。

長助にしても、「かわせみ」のみんなにとっても、航吉という若い船乗りは他人とは思えないような存在であった。

三年程も前の冬、「かわせみ」へ航吉を伴って来たのは本所の名医、麻生宗太郎であった。父親である岩吉が船頭をつとめる、上方から新酒を積んで江戸へ向った鹿島屋の船が、荒天にぶつかって行方不明になったのを心配して、宗太郎が東吾に航路の事情などを聞きに航吉とやって来た時、十五歳の少年は、

「気休めなんぞ聞きに来たんじゃねえです」

といい放った。

船乗りの家の者は、船に乗って出たら、いつ死んでも仕方がないと覚悟をしている。自分も母親も父親はもう帰って来ないと承知しているのだから、慰めは要らねえ、それよりも自分が一人前の船乗りになって、祖父や父の志を継げるよう、西洋の船の智恵を教えてくれ、自分は必ず、それを父祖代々の弁才船で生かしてみせるととりすがられて、東吾は航吉の船への思いに動かさ

れた。

独りっ子だという航吉を三代続けて船乗りにすることに後悔はないかと東吾に訊かれた母親は、航吉の航はかわらと読み、船底を作る厚い板のことだと答えた。この子の父がそういう名をつけて育てた子だから、なにがあっても船乗りで一生を終えるなら悔みはすまい。陸《おか》で馬に蹴られて死んだなら、親も子も浮ばれまいと母親にいい切られて、東吾は本気になって航吉を教えた。

和船の船乗りが全く知らない洋式の海図の存在、その見方、不安定な和磁石ではなく、西洋の羅針盤、象限儀《しょうげんぎ》や八分儀、測量器の使い方、日本沿海の気象、海象の悪条件とそれを克服するさまざまの手段、黒潮のこと、船を吹き流す西風や北風について、およそ思いつくありとあらゆる操船の心得を航吉は火の玉のような熱気で理解しようと努力した。

その矢先、絶望視されていた岩吉の船が土佐沖へ流れつき、大坂の鹿島屋へ帰りついたとの知らせがあって、航吉は江戸から大坂へ向う鹿島屋の船に乗って父親に会いに出かけた。

東吾と「かわせみ」にかかわるすべての人々が仰天したのは、その航吉が、父、岩吉が船頭をつとめて江戸へ向う初春一番の酒の荷を積んだ鹿島屋の船に乗り組んだとの報告が入ってであった。

折柄、天気は悪かった。海も荒れやすい季節である。

「あの時のことは、今でも忘れねえ、思い出すたんびに衿許がちり毛立って来るような気がするよ」

と長助が必ず述懐するように、航吉贔屓《びいき》になった一人一人が神仏に祈り、空と海を眺め続け、一喜一憂しながら日を送った。

そして十二月二十三日に西宮を出たという岩吉父子の船は荒天で西宮へひき返したり、紀州沖から押し戻されたりする他の船に先んじて熊野灘から大きく沖へ出た。

普通、弁才船の航海には岸沿いに行く地廻りと海岸を遠く離れて行く沖乗りの二つの航法があった。沖乗りは例えば港と港との距離の遠い所や半島などが突き出ていて、陸沿いに行くより外海に面した海域を直航したほうが遥かに短距離な場合に用いられるが、季節のよい時で晴天が続けばともかく、陸地が見えないので、方角は磁石が唯一の頼りの弁才船は万一、天気が崩れ、強風に遭って方向を見あやまったら最後、遭難は必至となる。

航吉は、東吾が持たせた海図と父親が土佐で入手して来た象限儀などを力に、鳥羽から伊豆下田までの必死の沖乗りを成功させた。

元旦の夜明け、父子の船は品川へ入り、その積んで来た新春一番の灘の酒は江戸の人々から祝儀つきでとぶように売れて、岩吉は鹿島屋の船頭の面目を取り戻すことが出来た。

大晦日、どうにも落着かなくて、とうとう品川まで出かけて行った長助は、夜明けの沖に堂々と入津《にゅうしん》して来る弁才船の姿が瞼に焼きついて離れないので、それ以来、乗り組む船が江戸へやって来る度に寸暇を惜しんで「かわせみ」へやって来て、東吾から教えを受けている航吉が頼もしくて仕方がないようであった。

無論、「かわせみ」は揃って航吉の来訪を歓迎しているし、とりわけ、千春は航吉の学習の間、じっと傍にいて真剣な眼差で見守っている。

「長助、来ていたなら、むこうへ来いよ。航吉はぼつぼつ品川へ帰るそうだ」

東吾が自ら迎えに来て、長助は嬉しそうにその後へ続いた。

航吉は縁先へ出て、千春と一緒に東吾の望遠鏡で川向うを眺めていたが、長助をみると丁寧に挨拶をした。

船と荷主との悶着は間に立つ人がいて、どうやら今日中に話し合いがつくらしく、となると明日は積荷をして明後日は西宮へ向けて船出をすることになるという。

「また、暫くお目にかかれないかも知れませんが、どうかお達者で……」

という言葉もしっかりして、背はぐんと伸びたし、筋骨はいよいよたくましくなって、どこからみても一人前の船乗りであった。

るいが航吉のために丹精しておいた刺子の袢纏を風呂敷包にして、航吉はそれを押し頂くようにして暇《いとま》を告げた。

二

「ところで長助、用があって来たんだろう。待たせてすまなかったが、よかったら聞かせてもらおうじゃないか」

航吉を店の外まで見送って、ぞろぞろと居間へ帰って来ると、東吾が声をかけ、長助はぼんのくぼに手をやりながら、下座《しもざ》についた。

「たいしたことじゃねえんですが、日頃、畝の旦那から、何かが起ってからじゃ手遅れだ。その一つ前に怪訝《おか》しいと思ったら動き出せといわれていますんで……」

「ちょいと見かけない男が、用もないのに町の中をうろうろしているというのじゃございませんか」

新しく茶をいれながらるいがいって、長助が、ええっと声を上げた。

「誰がいってえ、そのことを……」

「今日の昼前にお石が来ましてね。堀江町界隈でも、けっこう噂になっているとか」

長助が軽く自分の額を叩いた。

「そういやあ、お石ちゃんの嫁入り先は堀江町でござんした」

軍艦操練所へ行っていて、その話を知らなかった東吾が、るいから茶碗を受け取りながら訊いた。

「どんな男がお石のまわりをうろついてるんだ。お石はもう七月《ななつき》に入ったんだろう」

この前、会った時、けっこう腹がでかくなっていたと心配そうに東吾がいい、るいが笑った。

「別にお石が男につきまとわれているわけじゃありません。堀江町よりもう少々、本町通りの裏側のあたりらしいんですけど……」

長助が一膝乗り出した。

「男をみかけるようになったのは、もう五、六日も前からのようなんですが、町内の者が声をかけようとすると、すっと行っちまう。誰かの家を訪ねて探しているのかと思うと、そうでもなさそうで、お稲荷さんの前だの、井戸の近くにぼんやり突っ立っているかと思うと、あの辺りの堀の水をのぞいていたりで、だんだん女子供が気味悪がりまして……」

「いくつぐらいの男なんだ」

「三十なかばにはなっているんじゃねえかと。なにしろ人が来ると顔をそむけるようにして、とっとと行っちまうんで……」

「長助はその男を見たんだな」

「へえ、うちの若えのが噂を聞いて来ましたんで、大方、どこかの娘っ子に熱くなった奴が女の顔みたさにうろうろしているんじゃねえかとは思いましたが、昨日《わけ》、あのあたりへ行ってみましたんで……」

下っ引の仙太が、町中を走り廻って本町通りの裏、瀬戸物町の稲荷社の前に男がいるのをみかけたと聞いて来たので、長助は早速、かけつけた。

「外から見た限りでは、格別、胡乱《うろん》な奴とは思えませんで、身なりは小ざっぱりとしていますし、髪恰好からすると奉公人、それも江戸近在の商家かなんぞで働いていそうな按配でして……」

長助が近づいても怯えて逃げ出す様子はなかった。

「あっしの訊くことには、最初なんでも返事をしまして、名は伊三郎、足利のほうで小さな金物屋をやっているが、よんどころない事情があって、今は千住の先の知り合いの家に身を寄せているといいます。そういう人間が何故、この町をうろつくのだと訊ねましたところ、自分はもしかすると、このあたりで生れたのではないかといいまして……」

「ほう」

「それっきり黙り込みまして、あっしが何をいっても答えませんで、あげくは、あてのないことを申してすみませんとあやまりまして、止める間もなく行っちまいました」

長助のほうも気を呑まれて、それ以上、追えなかったという。

「変った奴だな」

東吾が呟き、

「それじゃ、その人は自分の生れた場所を探していたんですか」

るいがいささか気の毒そうな口ぶりになった。

「そのようで……ですが、町の名前とか、目じるしになるようなものはないのかと聞きましてもうつむいているだけで、結局、なんにもわからねえんじゃねえかと思いました」

もう少し、相手と話が出来ればよかったのだが、

「あっしも、あてがはずれたようで……」

男の返事が予想外で、長助は途方に暮れている。

「まあ、そいつのいうのが本当なら、また来るだろう。その時に声をかけてじっくり話を聞き、力になれるものなら一肌脱ぐって方法もあるがね」

東吾の言葉に長助が首をひねった。

「来ますかね」

実は男が、長助が懐中していた十手に気がついたようだと、弱った顔で告げた。

「あっしとしては、御用風を吹かしたつもりはねえんですが、御用聞にいろいろ訊かれたとわか

ると剣呑《けんのん》がってもう寄りつかねえんじゃありませんかね」

たしかに素人は岡っ引に訊問されたとなると怖ろしがって逃げ出してしまう。

「もし、あいつが昔、自分の生れた場所を思い出そうとして、あの界隈を歩き廻っていたとしたら、かわいそうなことをしちまったようでして……」

人のいい長助は、そんな仏心を出して後悔している。

が、それから三日後、八丁堀の神林家から到来物だが、千春にと加賀の水飴の小さな壺に入ったのが二つ届けられた。

その一つを千春がどうしてもお石にやりたいという。

「きっとお腹の赤ちゃんが喜ぶと思います」

目をくりくりさせながらいう千春に負けて、るいは千春と共に水飴一壺をたずさえて堀江町へ出かけた。

お石の家には麻生宗太郎が来ていた。

「本町通りの扇問屋、近江屋の主人が霍乱《かくらん》を起しましてね。敷地内のお稲荷さんの祠《ほこら》を別の場所へ移すのに、植木屋や大工なぞと一緒になってああだこうだと指図をしていたらしい。秋とはいってもまだまだ日中は陽ざしが強い。自分の家の庭の中だからと笠もかむらず、水も飲まないで、かんかん照りの中で動き廻っていたのですから、年寄にとってはまことに危険きわまりない。下手をすると心臓が停って死に至ります。おるいさんも気をつけて下さい」

上りかまちに腰をかけて、お石がさし出した麦湯を旨そうに飲みながらいった。

「それで、近江屋さんの御主人は」

お石が千春に麦湯を勧めるのを眺めながらるいが訊ね、宗太郎が笑った。

「手当が早かったので、無事でした。しかし、近江屋で面白いことを聞いて来ましたよ」

伊三郎という男がこの界隈を歩き廻っていて、町の人に剣呑がられたという話を長助から聞いていますか、といわれて、るいは合点した。

「なんですか、自分の生れたところを探していたのだとか……」

「神田の岡っ引の権八というのが、そいつを番屋へひっぱりましてね。いろいろと訊いたそうです。伊三郎がいうには、五歳の時、子さらいにさらわれて、獅子に売られたとか」

「獅子と申しますと、角兵衛獅子のことでしょうか」

越後のほうから出稼ぎに来る大道芸人で、まだ幼い子供が頭に小さな獅子頭をつけて太鼓を叩いたり、でんぐり返りをしてみせるのを越後獅子と呼んでいたが、この節は諸方から似たような芸人が集って、名も越後獅子とも角兵衛獅子ともいっている。

その獅子の子供を、あれは人買いが子供をさらって来て、獅子の親に売りつけるのだとまことしやかにいう者があって、子を持つ親をおびやかしていた。

「伊三郎は不器用なせいか、その獅子の親にも見捨てられて、危く野垂れ死をする所を、越中の伏木湊というところで、船問屋の主人に拾われて、長ずるに及んで北廻船の水夫となって働くようになったものだということですよ」

お石が宗太郎と千春のために長火鉢で粟餅を焼き、海苔でくるんだのを勧めながらいった。

「それで、わかったんですか。自分の生れた所とか、親御さんのこととか」

「当人が何も憶えていないので、世話好きの権八親分も、もて余しているようですがね。下っ引連中に、この界隈で三十年くらい前、五つの男の子が行方知れずになったという親はいないかと聞かせて歩いているそうですよ」

本町通りから室町や本石町など、日本橋の北側の町々は、その噂でもち切りだといい、宗太郎は千春のさし出した水飴を子細らしく眺め、

「これは滋養もあるし、咽喉がいがらっぽいと思ったら、すぐ割箸にくるくる巻くようにして舐めると効果があるから、これからの季節、重宝だよ」

いいものを持って来てあげたね、と千春の髪を撫でてから、お石へ渡した。

お石は千春とるいに何度も礼をいい、有難そうに神棚へ供えている。

大川端町へ帰って来て、るいは伊三郎の話を東吾にした。居間にはるいに代って東吾の着替えの後始末をしていたお吉もいて、

「世の中には気の毒な身の上の人がいるものですね」

人買いが子供をさらって角兵衛獅子に売るのは本当の話なのかと眉をひそめたあげく、

「長助親分、鳶に油あげさらわれたみたいで、さぞかし、がっかりしてるでしょうね」

といった。

たしかに、伊三郎に最初、声をかけ、事情によっては力になってやりたいといっていたのは長助だが、神田の権八が乗り出しているのでは、縄張り違いになる。

るいはちらと東吾をみたが、珍しくお吉に何もいわず、軍艦操練所から持って来た書物をめくっている。

千春が踏み台を持って来て、自分用の水飴の壺を神棚へ上げようとしているのに気がついて、るいは慌てて立ち上った。

三

お吉は時折、堀江町のお石の家へ行っては、それとなく伊三郎のことを聞いて来たが、あまり変化はない様子であった。

「親の名は知らないし、近所にお稲荷さんがあったってだけじゃ、いくら権八親分が躍起になったって無理でしょうよ」

日本橋の北側の町々にある稲荷社は神田から浜町にかけて十五、六社で、その中、名のあるのだけでも長谷川町の三光稲荷に通旅籠町《とおりはたごちょう》の池洲稲荷、通油町の朝日稲荷、小網町の小網稲荷に当勘堀稲荷、新和泉町の橘稲荷、元大坂町の伽羅稲荷、松島町の松島稲荷ときりがない。

大体、伊勢屋、稲荷に犬の糞といわれるくらい、江戸は稲荷社が多く、本町通りや室町あたりの大店《おおだな》では、敷地内に稲荷社を勧請《かんじょう》している家も少くなくて、稲荷社めあてに子供の頃の記憶をひき出そうとするのは所詮、不可能に近い。

月のなかば、漸く秋の気配が濃くなって来た大川端の「かわせみ」に上方からの客が到着した。紹介したのは大坂の船問屋、住吉屋久兵衛で、久兵衛はもう五、六年前から江戸へ出てくれば

「かわせみ」を定宿と決めている、いわば得意先であった。

るいは嘉助と相談して「かわせみ」では最上等の部屋を用意して出迎えた。

宿帳に書かれた客の名は、北方屋甚兵衛、お供が二人ついている。

甚兵衛は五十二歳、顔も手足も赤銅色に陽焼けしていて、骨太のたくましい体つきをしている。

「長年、北廻船の船頭さんをおつとめなすったそうでして、今は沖船頭から独り立ちして御自分の船をお持ちとのことでございます」

居間へ宿帳を持って来て、嘉助が話し出したところへ、軍艦操練所から東吾が帰って来て、

「ああ、北廻船の沖船頭なら一本立ちして船主になるのもないことはないよ」

と、不審顔の二人に説明した。

「俺達がよく知っているのは、上方と江戸を結ぶ廻船で、航吉がよく乗って来る弁才船だが、同じ弁才船でも上方から瀬戸内を抜けて長門の下関から北へ出て、この国の北の岸辺、石見、但馬、能登、佐渡から出羽の酒田、更には松前までを往復して商売をする船があるんだ。要するに西から北を廻って来る船で本来は幕府《おかみ》が陸奥の伊達と信夫《しのぶ》の両郡、つまり、ここは天領なんでそこで出来る米を江戸へ送るための船だがね。同じように津軽藩だの、秋田藩だのも領米を江戸へ送る必要がある」

東吾が立ち上って、自分の机の上から折りたたんである日本の地図を取って来た。日頃から千春が何かを訊くたびに江戸はここ、大坂はここでと便利に使っているので、るいも嘉助も見馴れてはいる。

それで、早速、嘉助が訊いた。

「若先生の御言葉ですが、陸奥ってえとこのあたりでござんしょう。そこから江戸っていいますと、こっちの東側の海辺を来たほうがずっと近くはございませんか」

東吾がいささか得意気に笑った。

「誰しも、そう思うだろう。津軽にしろ、秋田にしろ、東を廻って江戸へ船をさし向けたほうがずっと早い筈だ。しかし、残念ながら東側は湊と湊との間が遠いから天候が変ってもすぐ逃げ込むには都合が悪い。もっと凄いのは銚子沖なんだ。ここは季節にかかわらず波が高く、強風にとばされやすい」

北方に領地のある大名家の藩船がどれほど、この難所で遭難し、どれほどの船が藩米と共に海に沈んだかわからないと東吾はやや沈痛にいった。

「銚子沖を船の墓場だといった船乗りもいるくらいなんだ。洋式の軍艦でも、こっちの海の天候には神経をとがらすし、念には念を入れて航海をする」

「西廻りは大丈夫なんで……」

るいの顔色をみながら、嘉助が地図を指した。

「冬と春先以外はまあ大丈夫だ。逃げ込める入江や湊も多いし、季節のいい時は船頭にとって極楽だというよ」

なにより面白いのは酒田から江戸までを東廻りで航行すると距離は四百十七里だが、米百石の運び代は二十二両余、西廻りだと七百十三里もあるのに、二十一両余なのだと東吾が教え、嘉助が目を丸くした。

「それだけ西廻りのほうが安全と申すことでございましょうな」

「肝腎の話が後になったが、上方から西を廻って行く船の船頭は、菱垣廻船や樽廻船のような雇《やとい》船頭じゃないんだ。西廻りの船の沖船頭は船主との間に取りきめがあって、自分の才覚で大坂を発つ時、積荷を買いととのえることが出来る」

酒や紙、塩や棉《わた》、煙草、砂糖などをはじめ、あらゆる日用品を積み、それらを瀬戸内の寄港地から売りはじめ、各々の寄港地で新しい品物を買い足して行く。

「北っ側のさまざまな土地の湊へ入津して商売をしながら、目的地の酒田、或いは蝦夷地まで行く。そうして積荷を残らず売り切って、今度は米だの、数の子、鮑《あわび》なんぞの俵物、昆布やふのりをごまんと買って大坂へ戻って来る。船頭の才覚一つで一儲けが出来るんだ。船頭ばかりじゃない、乗り組んだ水夫も各々、自分の金で品物を買い、同じように行く先で商売をして金儲けをする、こいつを帆待《ほまち》というらしいがね」

「でしたら、北方屋さんはそうやって沖船頭から船持ちになられたんですね」

「その通りだよ。腕のいい船頭が自分の船を持ったんだ。儲けは更に増えるだろう。雇われ船頭には思いもよらないことさ」

お吉が晩餉《ばんげ》の膳を運んで来て、東吾の長広舌は漸く終った。

「本当にうちの旦那様ときたら、いつもは無口なのに、御自分の得意なことになるといくらでもお話しになるのですもの」

お吉が何度か居間をのぞきに来たのは、膳を運んでよいものかどうか頃合を見はからっていたのだとわかっていて、るいは呟いたのだが、

「番頭さんは楽しそうでしたよ。やっぱり、男の人は、ああいうお話が好きなんでしょうねえ」

とお吉は感心している。

東吾は離れで琴の稽古をしている千春を呼びに行き、るいは嘉助のおいて行った宿帳を眺めた。おやと思ったのは、北方屋甚兵衛の二人の供の一人の名が伊三郎であったからだが、伊三郎というのは世間にそう珍しい名前ではない。お吉に宿帳を帳場へ返すよういいつけて、るいは長火鉢の銅壺《どうこ》で、東吾の酒の燗をはじめた。

北方屋甚兵衛が江戸へ出て来たのは少々の商用と成田山新勝寺へ行って両親の供養をするためとのことで、「かわせみ」に三泊すると、

「成田山の帰りには、また、二、三泊、お宿をお願い申します」

と、とりあえず成田詣でには不用のものを「かわせみ」へあずけて旅立って行った。

畝源三郎が長助を伴って「かわせみ」へ来たのは、その翌日の夕方のことで、

「当りましたよ、東吾さんの勘が……」

居間へ通るなり、のっけにいった。

「本町界隈で、たて続けに起った空巣、置きびき、すべて伊三郎の仕業でした」

茶を運んで来たお吉が仰天し、るいもあっけにとられた。にやにや笑っているのは東吾だけである。

「捕まったのか」

「長助が尾《つ》け廻していましたからね」

つい最近、敷地内の稲荷社を方角が悪いと別の場所に移したばかりの近江屋へ伊三郎が権八の下っ引と一緒に顔を出した。

「実は、伊三郎は親を探すのはもう諦めた。折角、あの界隈の稲荷社を片はしから見て歩いたので、江戸を去る名残りにまだ参詣していない稲荷社を廻って、生きているのか、歿《なくな》ったのか、一生、会うあてのない親の供養をして行きたいと権八にいいましてね。それで権八のところの若い衆が近江屋の敷地内にも一つあると教えたら、是非、連れて行ってくれと申したそうです」

「本町通りの近江屋なら、うなるほど金があるからなあ」

長助が鼻の下をちょいとこすった。

「大店ってのは、店の表こそ奉公人が何人も目を光らせているもんですが、裏っ側の住居のほうは案外、無人で、そのくせ、ちょいとまとまった金を部屋の小簞笥なんぞに突っ込んでおくようで……伊三郎って奴はそのあたりをよく心得て居りました」

庭の稲荷社に参詣させてもらい、権八の下っ引には、ちょっと礼をいって来るから表で待ってくれといい、素早く居間へ上ってひき出しの財布を摑んだところを、かくれて見ていた長助が押えた。

「あとは畝の旦那が番屋でお調べになって、奴は相当ねばりましたが、結局、全部、吐いちまいました」

ここ十日ばかりの中《うち》の本町界隈での盗難はすべて伊三郎の犯行で、生家を探してうろついていたというのは真っ赤な嘘であった。

「伊三郎と申すのも偽名でした。千住生れで両親はすでに死んでいます。子供の頃から手癖が悪く、結局、村にいられなくて諸国を流浪し、さまざまのことをやったが長続きせず、盗みやかっぱらいなぞをして江戸へ戻って来たというのですが」

「叩けば、まだまだ余罪が出そうですよ」

すでに伝馬町送りになっていて、取調べがまとまり次第、御白洲にかけられるという。

「身の上話はでたらめかい」

「どうも、流浪している中に誰かから聞いたのを、そっくり使ったようですね。悪智恵は少しばかり働く奴ですな」

「人さらいにさらわれた子が角兵衛獅子に売られたりして苦労を重ね、なんとか江戸へ戻って来て、僅かな記憶を頼りに自分の生れた家を探していると聞けば、大方は同情する。よもや、空巣をねらってうろうろしているとは思わねえよ」

東吾の言葉に長助が頭を下げた。

「若先生から伊三郎にかかわるなといわれた時はなんのことかわかりやせんでしたが、あのまんま、安い同情をして伊三郎、いえ、本名は常次《つねじ》というんだそうですが、あいつにつき合っていたひには神田の権八どん同様、十手捕縄を返上どころか、畝の旦那のお顔を潰すことになっていたと思うとぞっとします。若先生のおかげで、命拾いを致しました」

というように、権八は岡っ引の身でありながら結果的には盗っ人に助力した恰好になり、お上からお叱りを受けるだけではなく、世間の物笑いになっている。

「それにしても東吾さんは、どうして伊三郎をいかがわしい奴と思ったんですか」

源三郎に訊かれて、東吾は首をひねった。

「そうさなあ。たいしたことでもねえんだが、長助の話だと、伊三郎って奴は町の人に声をかけられそうになると素早く逃げるのに、長助にはそうしないで思わせぶりなことを話した。しかも、長助の懐に十手があるのに気がついていた様子だという。こいつはちょいと変じゃねえかと思ったのさ。素人はお上の御用聞からうさん臭い野郎だと目をつけられたら仰天してあと白波と走るだろう。別に後暗いところがなかったとしてもだよ。逆に相手が素人ならば自分から近づいて、この辺りに三十年前、子供をさらわれたって話はなかったかと藁《わら》にもすがる思いで訊ねるのが普通じゃないのか。素人のほうを袖にして明らかに御用聞とわかった長助には身の上話をちらつかせたのは、長助の口から町の主だった者に、あいつは親探しでうろうろしているんだといわせたかった。

町の連中だってお上の御用をつとめる者がいわば身の上の保証をしたんだ。あいつが同じ所を行ったり来たりして、家の様子をうかがっているのを見ても、あやしみはしないだろう。そこがあいつのつけめではないかと考えてね」

長助が大きく合点した。

「全くでさあ。いい年をしてお恥かしい」

「なあに相手が悪すぎたのさ。人の情を利用して悪事を働くたあ太《ふて》え野郎だ」

「天罰覿面《てんばつてきめん》ですよ。長助が欺されっぱなしでいるわけがありません」

東吾と源三郎が気を揃えて長助をかばい、人のいい岡っ引は何度もぼんのくぼに手をやっては頭を下げた。

## 四

それから二日、予定通り成田詣でから帰って来た北方屋甚兵衛が、あずかった荷物を部屋へ運んで行った嘉助に、折入って聞いて頂きたいことがあると話を切り出した。で、神妙に膝を揃えて向い合った嘉助が話なかばで相手を制した。

「これは手前一人で承るよりも、お話のことに少々、かかわり合いのあるお方に同席をお願い申したいと存じますので、少々、お待ち下さい」

嘉助がるいにざっと話をし、若い衆が深川へ長助を呼びに行くと、たまたま長寿庵へ来ていたという畝源三郎が一緒にやって来た。

「伊三郎の本物が現われたそうですね」

恐縮するるいに笑って、帳場の奥の小部屋へ長助と入り、嘉助は甚兵衛を迎えに行った。

甚兵衛は供の中の一人を伴って来た。

「御厄介をおかけしてあいすまぬことでございます。手前は北方屋甚兵衛、この者は伊三郎と申します」

と紹介された男は、ひどく器量が悪かった。

狐のように細く切れ上った目の左の脇に目立つ黒子《ほくろ》があり、眉毛が薄いこともあって、あまり良い印象を与えない。太くて短い鼻の下には厚い唇が突き出していて、それが愛敬にみえなくもないが、表情に乏しく、むすっとした顔付は人柄を暗く感じさせる。

それでも、両手を突いて丁寧に挨拶をする様子は素朴で、みかけによらず実直な男かとも思わせる。

「そのほうはもと江戸の生れにて、幼少のみぎり、人買いにさらわれ、角兵衛獅子に売られたと申すのは、まことか」

源三郎が穏やかに問い、甚兵衛が返事をうながすように男をみた。男は問いかけに対して、たて続けに頭を下げた。

「伊三郎と申すは本名か」

「へい」

「親の名は……」

「存じません」

「生れた土地は……」

「わからねえです」

「さらわれた折の年齢《とし》は……」

「五つぐれえじゃねえかと思いますが、たしかなことじゃねえんで……」

「では、憶えていることでよい、今日までの身の上について申すように……」

伊三郎がいったんうつむき、唇を嚙みしめるようにしてから話し出した。

「獅子の親方と仲間の子供らと、あっちこっち旅をして、俺は不器用で芸が出来なかったせいで、年中、腹をすかせて、寒くて、気がついたら、親方に捨てられていて、野垂れ死しそうになっているところを助けられました。越中の伏木湊の、船問屋の丸茂屋の旦那のところで、小僧として働かしてもらいました」

後に知ったのだが、当時、丸茂屋の主人は幼少の子が病死したばかりで、その供養になると菩提寺の住職に勧められて、伊三郎の面倒をみてくれたらしいといった。

「伏木湊の丸茂屋で成人致したのだな」

「へえ」

「それから如何致した」

「船乗りになりてえと思って、伏木湊は沢山の船が来ますんで、水夫にやとってもらって……いろんな船で働いている中に、甚兵衛旦那の船に乗るようになって、旦那から目をかけてもらいました」

甚兵衛が膝を進めた。

「手前の船で働くようになりまして八年になります。その間に手前は沖船頭から一本立の船持ちになることが出来ました。ゆくゆくは手前の船の沖船頭にしてやりたいと考えて居りまして、そのためには伊三郎の親が生きていなさるなら、探し当てて、対面もさせ、北方屋の船で働くことの了解をとりつけたいと江戸へ参ったわけでございます」

源三郎がうなずいた。

「成程、あいわかった。ところで伊三郎に訊ねるが、常次と申す男に心当りはないか。年は三十五、背は其方と同じくらい、髭の濃い、やや猫背の気味があるのだが」

伊三郎が首をひねった。

「さあ、そいつが何か」

「そやつは伊三郎と名乗り、やはり人買いにさらわれ、獅子に売られ、苦難の果に江戸へ戻って来て、親や家を探すと称して、盗っ人を働いて居った」

ひえっと伊三郎が声を上げ、甚兵衛が顔色を変えた。

「違う。俺は盗っ人ではねえ」

嘉助が傍からなだめた。

「心配することはありませんよ。そいつはお上につかまって吟味を受けているんで、お客さん方とはかかわりはございません。ただ、そういうことがあったばかりの時に、同じような身の上の伊三郎さんの話をお聞きしたので、念のため、こちらの旦那にお出で頂いただけのことで……」

甚兵衛がおそるおそるいった。

「世の中に似たような身の上の者があっても不思議ではございますまいが、伊三郎という名まで同じと申すのは気味の悪いことで……」

茫然としている伊三郎へいった。

「ひょっとして、お前の身の上話を聞いた者が、これ幸いとお前の名と素性を騙《かた》ったのではあるまいかのう」

伊三郎が考え込んだ。

「俺は自分の身の上を誰にもかくしていねえから水夫仲間はみんな知っている筈だが……」

常次という名の者は知らないが、自分が伊三郎に間違いはないと胸をそらせた。

「うちの伊三郎が本物の伊三郎に間違いはございません。獅子の親方に置き去りにされて伏木湊の丸茂屋さんで助けられたことは、手前も伏木へ参った折に丸茂屋さんから聞いて居るので……」

という甚兵衛が、

「只今のお話で盗っ人を働いた常次という奴は、どのあたりを探していたのでございましょうか」

と訊き、長助が、

「日本橋の北っ側、といってもお江戸に馴れねえ人には見当がつかねえかも知れませんが、本町通りという賑やかに大店が並ぶ広い道の裏のあたり、常次という野郎はひどくお稲荷さんの祠にこだわっていやしたが……」

何か思い当ることはないかと伊三郎へ視線を向けた。

「本町通りもなにも、俺にはまるでわからねえが、なんとなく、そこへ行ってみてえような気持がします」

と伊三郎がいい、では思い立ったが吉日、これから行ってみようということになって長助が案内役を買って出て、甚兵衛と伊三郎が一緒に「かわせみ」を後にした。

東吾が帰って来たのは、それから間もなくで、思いがけず航吉と父親の岩吉を連れて来た。

「そこの高橋《たかばし》の上で出会ったんだ。うちへ来る途中だと聞いてね」

品川から来た二人にすすぎの水を用意しろと若い衆に声をかけ、まだ帳場で嘉助と話をしていた源三郎に気がつくと嬉しそうに航吉が下げて来た包を取り上げてみせた。

「岩吉父っつぁんが上方から運んで来た琉球の酒だ。土産にもらったんで早速、一杯やろう」

「残念ながら、手前はまだ御用の最中で……」

「何をいってやがる、敵《かたき》の家へ来たって酒の一杯ぐらい飲むものだというだろうが……」

「酒じゃありませんよ。茶です」

「どっちだって似たようなものさ」

先に立って居間へ行く東吾に、苦笑しながら源三郎が、るいにうながされてついて行く。

その居間で、源三郎はざっと伊三郎の話をした。

「時を同じくして、二人も伊三郎が現われたか」

器用に酒の瓶《かめ》の蓋をはずしながら東吾が面白がり、

「どうも、こちらは本物のようですがね」

源三郎が首を伸ばして酒の匂いを嗅いだ。

「相当、強そうですな」

お吉が徳利と盃に、鱲子《からすみ》の切ったのを皿にのせて来た。

「こちらも、航吉っつぁんのお父っつぁんのお土産だそうでございます」

るいが足を洗った岩吉と航吉を案内して来て、東吾は岩吉に盃を持たせ、お吉が徳利に移しかえたばかりの琉球の酒を、るいが受け取って酌をする。

岩吉が船頭をつとめる弁才船は上方から木綿や棉などを運んで来たもので、航吉は久しぶりに父親の船に水夫として乗り組んで来たという。

「航吉がいつもお世話になりまして有難《ありが》てえことでございます」

一杯の、飲み馴れない酒で顔をまっ赤にしながら、岩吉は何度となく礼を繰り返した。

「若先生のおかげで、こいつがいろいろなことをおぼえて来まして、だんだんと仲間内でもいつまでも昔のまんまに船を動かしていちゃあいけねえ。時化《しけ》をくらって難破しねえためには、どうしたらいいかと船主の旦那方も考えて下さるようになりまして……」

この節は樽廻船や菱垣廻船にも和磁石だけではなく洋式の磁石を折衷したものが備えられたり、象限儀や八分儀の使い方を学ぶ者が増えて来て、西風に吹き流されても、なんとか自力で航路をたて直すことが出来るようになって来ていると岩吉は信頼し切った目で航吉を眺めながら話した。

「荒天にあったら、髻《もとどり》を切って神仏に祈るしか手がなかったという話が昔語りになる世の中が近くなって来たような気が致しますよ」

などと話し込んでいるところへ、長助が戻って来た。

「本町通りをくるっと一廻り案内して来たんですが、伊三郎さんが思い出すことはなにもございませんで、ただ伝馬町を通りました時、こういう立派な商家の並んだ軒先に魚なんぞをずらりと並べて大声で売っている所へ母親に手をひかれて行ったことがあると申しますので、ひょっとするとえびす市のことじゃねえかと気がつきまして……」

毎年正月十九日と十月十九日に、本町三丁目から大伝馬町の大丸屋の前まで市が立つ。

古くは日本橋界隈の魚屋が売り余った魚を運んで来てさばいたものであったが、やがて縁起物の恵比須様や大黒様をはじめ、古着、古道具、瀬戸物の皿小鉢から小間物類まで、ありとあらゆるものの露店が並ぶようになった。

「いろいろと伊三郎さんに訊きましたが、どうも恵比須大黒なんぞを見たおぼえはねえようで、ただの魚市なら、どこにもあるものでござんすから……」

がっかりして帰って来たという。

その長助の後から甚兵衛と伊三郎が挨拶に来た。

「どうも御厄介をおかけしましたが、お江戸はあまりにも広うございます。伊三郎も自分の頼りない記憶で親や生れた土地を探すのは無理だと悟ったと申します。縁があれば、また、いつの日かと思うことにして、このたびは上方へ戻ろうと存じます」

と甚兵衛がいい、東吾は同じ船乗り同士という気持でそこにいた岩吉父子をひき合せた。

すると、甚兵衛と伊三郎が入って来た時から、じっとみていた岩吉が、

「こりゃあなつかしい。お前さん、勘吉《かんき》っつぁんじゃねえか」

と伊三郎に声をかけた。

「あんたが俺の船で働いたのは、もう十五、六年も昔だったか、鹿島屋さんの樽廻船で江戸と上方を何度か行き来して、あの時分は俺もまだ若え気で、けっこう荒っぽい沖乗りをしたもんだが……」

返事をしない伊三郎の代りに甚兵衛が訊いた。

「こちらさんは勘吉と、これのことをお呼びだが……」

「はあ、勘吉っつぁんでねえのかね。なあ、勘吉っつぁん、あんた、目のところに黒子がある。野郎のくせに泣き黒子があると若え連中によくからかわれていただろうが……」

伊三郎が当惑そうに答えた。

「たしかに、あの時分は勘吉で……」

「名を変えなすったか」

「親からもらった名は伊三郎で……勘吉は伏木湊の丸茂屋の旦那がつけてくれた名で……」

「なんで、そんなことを……」

「俺が思い出せなくて……獅子の親方に捨てられて、丸茂屋の旦那に助けられた時、どういうわけか、自分の名前が思い出せなくなっちまって……」

「それならば、どうして思い出した時に元の名に戻さなかった」

といったのは甚兵衛で、伊三郎ははじかれたように甚兵衛へ向き直った。

「そいつは……丸茂屋の旦那にすまないと思ったからで……折角、勘吉とつけてくれたのを急にやめちまうわけには行かねえと……」

甚兵衛がさりげなく立ち上った。

「どうも、おさわがせ申しました。先程、申しましたようなわけで、明日は江戸を発ちたいと存じますので……」

伊三郎を軽くうながすようにして居間から去った。

「どうも、俺は悪いことをいっちまったようだが」

岩吉が呟き、東吾が笑った。

「なに、たいしたことじゃあないよ。世の中にはままあることさ」

それがきっかけのように、岩吉父子が暇を告げ、東吾は源三郎を送りがてら外へ出た。

「二人共、偽者ということですか」

源三郎がいい、東吾は大川を眺め、

「さあなあ」

と応じた。

「盗っ人を働いた常次はともかく、あいつはなんで他人の名前と身の上を自分のことにしたのですか。単に同情を惹こうがためですか」

川風に目を細めながら、源三郎があきれた顔をした。

「それもあるだろうが、嘉助が甚兵衛から聞いた話じゃあ、甚兵衛はあいつが気に入って、沖船頭をやらせて、さきざきは自分の跡取りにする気なんだと。まあ、甚兵衛には女房子がいない。還暦に近くなって来ると、そういうことも考えるだろう。勘吉がどんな生れ育ちか知らないが、水夫として働いていた者なら出世だろう」

「たしかに……」

「その出世のためには、どこの馬の骨かわからない者よりも、人買いにさらわれて苦労したが、本当は江戸のしかるべき者の子だったというほうが、養子にしてやろうと考えている者にとっては気分がいいんじゃないのか」

「そこまで考えますか」

「どん底で苦労し続けた者の智恵だよ。才覚といってもいい」

「勘吉の申したことが本当の場合もありますな」

「そいつは神様でなけりゃわからねえさ」

豊海橋へ向って歩いて行く源三郎に手を上げて、東吾は暫く大川の流れを眺めていた。

翌朝、いつものように軍艦操練所へ出仕するために、るいと千春に見送られて「かわせみ」の玄関へ出て来た東吾は、帳場の所で嘉助と話をしている甚兵衛をみた。

嘉助が慌てて立って来たので、

「どうかしたのか」

と訊くと、嘉助と一緒に東吾に近づいた甚兵衛が、

「実は伊三郎が暇を取って出て行きまして……」

泣き笑いの表情で告げた。

今朝、甚兵衛が目を覚ますと、すでに旅仕度を整えていた伊三郎が部屋へ入って来て、

「長々、お世話になりましたが、俺のような氏素性も知れないものが、北方屋の沖船頭をつとめられるわけはないので、お暇を頂きてえ」

と頭を下げて出て行ったという。

伊三郎が「かわせみ」を出て行く時、嘉助は帳場にいたのだが、一足先に発つので草鞋《わらじ》をくれといわれ、なんとなく不審には思いながら外まで送って出ると、伊三郎はふりむきもせず、とっとと霊岸島の方角へ歩いて行った。

「すぐに北方屋さんにお知らせしたのですが、放っておいてくれとおっしゃられまして……」

甚兵衛が軽く吐息を洩らした。

「手前は伊三郎を止める気がございませんでした。今だから申しますが、伊三郎は手前と江戸へ出て来る時、江戸には行ったことがないと申しました。人買いにさらわれて以来、江戸へ足をふみ入れたことはないと。ですが、昨日の岩吉さんの話によると樽廻船で江戸と上方を往復していた。この夏、伏木の丸茂屋さんへ伊三郎のことで挨拶に参った時も、最初、伊三郎といってもあちらはわからず、いろいろ話して勘吉のことかと驚かれて、別に自分が勘吉と名をつけたとはおっしゃいませんで、その折も少々、ひっかかるものがございました。また、丸茂屋さんのいわれるには、あちらでは伊三郎がずっと店に奉公するものと思い込んでいたところ、或る日、突然に船子になるので暇をくれと、その時にはもう自分をやとってもらう船が決っていたそうで、まあ、今、考えますと、次から次へ合点の参らぬこと、不安心なことが浮んで参りまして、自分から暇を取るというなら、止めるまいと決心しましたので……」

嘉助が甚兵衛の袖を引いた。

「当家の旦那様は、これから御出仕なさいますので……」

どうぞ、お気をつけてお出かけ下さいまし、と嘉助が暖簾を高くかかげ、東吾はその下をくぐって表へ出た。

るいも千春も、嘉助も、甚兵衛を無視して、高橋のほうへ歩いて行く東吾を見送る。

朝からよく晴れて、陽ざしがさわやかな大川の上には、海から飛んで来た鷗《かもめ》が白い羽をひるがえして二羽、三羽。東吾がふりむいて教え、千春は鷗へ向って大きく手を振った。

その日、東吾はいつもより早く「かわせみ」へ帰って来た。

出迎えたるいと居間へ通ってから、

「甚兵衛はどうした」

と訊く。

「あれからすぐに発たれました」

嘉助が表に塩をまいた、と可笑しそうにいいつけた。

「気色が悪かったんでしょう」

「あんなものさ。養子にしようと見込んだ相手でも、一つ気になりはじめたら、疑いは濃くなっても薄くはならない」

「やっぱり、偽者でしたのでしょうか」

東吾の返事を待たずにいった。

「もし、あちらも偽者としたら、本物の伊三郎さんはどこでどうしているのでしょうね」

人買いにかどわかされて江戸から出て、角兵衛獅子にされた上に捨てられて行き倒れになりかけた。

「なんとか助かって、船乗りになったのは間違いないように思います」

船乗り仲間に自分の身の上を語って、

「まさか、自分の名や身の上を騙る者が出て来るなんて、夢にも思いはしないのに……」

東吾がそんなるいをみていった。

「北廻船で働く船子の大方はごく当り前の一生を送っている筈だよ。新しい年の始めに自分の家を出て大坂へ行く。前の年に船囲いしておいた船を下して積荷の用意をし、大坂を出て瀬戸内から日本海へ出る。湊々で商いをし、帆待を稼いで箱館には五月の末にたどりつく。新しい積荷をし、また、湊々で商いをしながら九月には瀬戸内の海へ入って、十一月には大坂へ戻る。荷をさばいて船囲いをし、稼いだ金と土産を持って家族の待つ家へ帰って行く。そうやって一生を過すんだ。甚兵衛のように沖船頭から船主になれる者なんぞ、滅多にいやあしない。その代り、少々、天気がおかしいとすぐ湊へ逃げ込むし、風の具合、潮の具合がよくなるまで決して船出もしない。だから、難破したり、海で死ぬ奴も少いんだ」

「本物の伊三郎さんが、あなたのおっしゃるような船乗りになって、静かに暮しているとよろしいのですけれど……」

夫婦はそれきり黙って、長火鉢の前に向い合い、るいが手ぎわよく茶をいれた。

熱々の茶が旨く感じる季節になって、東吾が部屋を見廻した。

「障子を張り替えたんだな」

新しい障子の白が、部屋をほんのりと明るくみせている。

るいが長火鉢に炭を足した。

# さんさ時雨《しぐれ》

## 一

季節はずれの嵐は海から江戸へ近づいている様子であった。

日没にはまだ間のある時刻だというのに、海上はまっ暗で灰色の高波が凄じい勢いで打ち寄せて来る様《さま》は、まるで巨大な狼がたてがみをふり乱して走り狂っているように見える。

南町奉行所定廻り同心、畝源三郎は片手を笠のへりにかけ、ややうつむき加減に風と雨の中に歩み出した。

道の片側は大名家の下屋敷が並び、もう一方の側は木場の掘割であった。その堀の水もざわざわと音を立てて逆巻き、異様な速さで水位が上っている。

「旦那様、お足許に気をつけられませ」

背後から長年、奉公している小者の甚七が声をかけ、源三郎が僅かにふりむいた。

「俺は大丈夫だ。其方《そのほう》こそ注意せよ。間もなく吹きさらしに出るぞ」

今はまだ海側に大名家の下屋敷があって僅かながら風除けになる。そこを出はずれると道は深川の洲崎の土手の上で人家もなければ、松の木一本生えていない。

行く手に洲崎の弁財天の社がみえていた。

弁天社の先には掘割を木場町へ渡す江の島橋がある。

天気がよければ洲崎の土手道は海原が見渡せてよいものだが、今日は橋を渡って木場町へ下りたほうが安全だと源三郎が思った時、風雨の音を切り裂くような歌声が聞えて来た。

凜《りん》とした格調のあるその節は、

「さんさ時雨だな」

思わず呟いて、源三郎は声のする方角へ目を上げた。

明らかに弁天社の中からであった。

この神社の境内は土手の道のすぐ脇から海辺まで続いて居り、社殿の前は砂浜だから、今日のような空模様では、風も波も真向《まっこう》から吹きつける。

「いったい、誰がこのような所で……」

甚八が道に面した門のところを窺ったが、そこから覗ける二階建の料理屋のあたりもひっそりとして勿論、境内にも人の姿はなかった。

が、歌声は朗々と拝殿のほうから響いて来る。

「女の声だな」

源三郎が門をくぐって境内に踏み込んだのは、その昔、寛政三年九月の高潮でこのあたり一帯は見渡す限り水没して多くの溺死者があり、弁天社も附近の民家もろとも押し流されたのを承知していたからであった。

今の社殿はその後、復興されたものだが、境内地には波除けの碑が建立され、今でも居住は禁止されている。

とはいえ、景勝の地であり、春の潮干狩をはじめ行楽の客が少くなく、そのために料理屋や葭簀《よしず》張りの茶店も出来たが、昼の営業はともかく、夕方には店を閉め、人が寝泊りすることはない。弁天社には数人の僧侶が起居しているが、これも、いざという時にはすみやかに避難をするよう通達されていた。

料理屋の先に鳥居があり、その前方に少々の石段がみえた。社殿はやや高く土を積んだ所にあり、海へ向って長く防波堤のような石垣が築かれている。

女は社殿の正面に立っていた。

長い屋根が女の頭上まで延びてはいるが、吹きつける雨風にさらされて濡れねずみの有様であった。

近づいて来る源三郎をみて、驚いたように小腰をかがめる。

「只今、さんさ時雨を歌っていたのは其方か」

源三郎が大声で問い、女はこちらも大声で、

「はい」

と答えた。なにしろ、声を張り上げないと雨風の音で聞えない。

「この社の者か」

「いいえ、近くに住む者でございます」

「ならば早く家へ戻れ。このあたりはまことに危険であるぞ」

「申しわけございません。立ち去りますでございます」

女が雨の中を走り出し、源三郎も社前に一礼して、その後から土手の道へ出た。前を行く女は、やはり江の島橋を渡っていた。片手に傘を持っていたが開いても無駄と承知していて髪に手拭で頬かむりをしている。もう一方の手で裾を高くからげ、男のような足さばきで一目散に木場の脇の道を抜けて行く。

無理に追いつくまでもないと考えて、源三郎は女の姿を叩きつけるような雨のむこうに見ながら足を早めた。

木場を通り越し、もう一つ、名もない小橋を渡ったところが入船町で、軒を並べた小さな家々はみな雨戸を閉ざし、手ぎわのよい家は入口に板を斜めに打ちつけなどしている。

女の姿が路地を折れ、一軒の家に走り込むのを目のすみに入れて、源三郎は入船町から汐見橋を渡り三十三間堂を右にみて永代寺門前町を今度は誰に気を使うこともなく駆け抜けて数寄屋橋の奉行所へ向った。

嵐は夕刻から一層激しくなったが、雨のほうは峠を越えるのが早く、本所深川は床下まで浸水したのが数カ所に及んだが、それ以上のことはなく、やがて風雨は夜明け前に遠ざかった。

大川端の旅宿「かわせみ」では未明の頃、大川が急に増水して、あわや堤を越えるかにみえたが、なんとか持ちこたえ、警戒に出ていた東吾と嘉助、それに板場の若い衆達が胸をなで下した。

夜があけてみると、雨よりも風の被害が大きくて、「かわせみ」の裏木戸が傾き、板戸が吹きとんでいた。早速、男達が仮の修理に取りかかろうという時、堀江町から大工の小源がかけつけて来て、

「冗談じゃありませんよ、棟梁にこんな仕事はさせられません」

とるいが制しても、

「なに、こいつは大工の仕事でございますよ」

歯牙にもかけず、若い者と一緒になって木戸をひき起している。

そこへ、神林麻太郎がやって来た。

「父上が、かわせみの様子をみて参れと仰せになりましたので……」

壊れた木戸に目を丸くしている。

「こっちは大丈夫だが、お前の所はどうだった」

「松の枝が折れました。それと、池の水があふれて鯉が流れ出しましたが、手前がつかまえて桶に移しました」

「その程度なら、助かったな」

こっちも今、見舞に行く所だったのだと、麻太郎と一緒に八丁堀の兄の屋敷へ行くと、通之進は出仕の仕度を整えて、麻太郎の報告を待っていた。

「かわせみの様子を聞いてから出ようと思ってな」

弟の精悍な顔をみて、安堵の表情を浮べた。

「お前の所は大川が近いから、なにかと剣呑《けんのん》だ」

「幸い、水は上りませんでした。但し、裏木戸が吹き倒されまして、只今、小源が修理をして居ります」

「あの木戸は古い。この際、新しくせよ」

「まあ小源がなんといいますか」

「餅は餅屋か」

笑顔をみせて出仕して行く兄を見送って、東吾は兄の屋敷の様子を見た。

すでに植木屋が来ていて松の枝の後始末にかかっているし、池水も元のように引いている。

「屋根は如何ですか」

瓦が飛ばされていないかと義姉の香苗に訊くと、

「先程、麻太郎が上へ登って調べてくれましたの。見た限りでは瓦がずれたり、割れたりしているのはないようだと申しますから……」

頼もしそうに麻太郎を眺めての返事であった。

「貴方も御出仕なさらねばなりませんのでしょう。こちらのことは、どうぞ御心配なく」

といわれて、東吾はあたふたと「かわせみ」へ戻り、朝飯をすませて軍艦操練所へ出かけた。

こちらは海に面した場所にあるので風当りが強く、瓦がとばされて屋根に大穴が開き、雨洩りし出したので、昨日、東吾達が部屋の調度品などを別棟に移し、応急処置をしておいたのを、今日は本職の屋根屋が入って派手にとんとんかんかんとやっている。で、東吾達は運び出した荷物を元に戻したり、整理をしたりで半日が終ってしまった。

畝源三郎に出会ったのは帰り道、鉄砲洲稲荷の近くであった。

「源さん、昨夜は奉行所泊りと聞いたが……」

火急の際に備えて通常より多くの者が奉行所で宿直をした中に畝源三郎も入っていたと今朝、兄から知らされていたので、ねぎらうと、

「それはなんということもなかったのですが、実は奉行所に帰りつくまでが大変でした」

洲崎まで出かけていて危く風に吹きとばされそうになったという友人の話に、東吾は驚いた。

「なんでまた、洲崎へなんぞ出かけたんだ」

「野暮用ですよ。増山河内守様の下屋敷が洲崎のはずれにあるのです」

「そうか。こないだの浅黄裏《あさぎうら》事件の後始末か」

源三郎が唇に人指《ひとさ》し指を当てた。

「浅黄裏は禁句です。その一言でかっとなったばかりに三人もの人間を殺傷してしまったのですからね」

増山家は勢州桑名郡長島二万石の大名だが、その家臣が過日、浅草で通りすがりの遊び人と肩がぶつかったことから言い争いになり、酔いも手伝って遂に仲裁に入った者を含めて一人を殺害、二人に重傷を負わせた。

事件は瓦版にもなり、到底、内々にすませられるわけもなく、奉行所と長島藩の間で何度か話し合いが持たれたあげく、被害者のほうは金で始末をつけ、加害者は乱心の体《てい》にして下屋敷に押しこめ、折をみて国許へ帰させようとした所、番人の隙をみて座敷牢を脱け、かけつけた藩士の刀を奪って切腹してしまった。

その知らせが奉行所に届き、確認のために畝源三郎が洲崎の下屋敷まで出かける破目になったものだとは、事件を聞いていた東吾にはすぐわかる。

「そいつは嫌な役目だったなあ」

実直で人のいい友人がしばしばこうした役廻りを押しつけられるのに、内心、腹を立てながらいたわったのだが、源三郎が話そうとしたのは別のことであった。

「帰り道、奇妙な女に遭いましたよ。洲崎弁財天の社殿の所で、それはいい声でさんさ時雨を歌っていたのです」

「嵐の中でか」

「左様です。危険だから早く帰れといったら、慌てて雨の中を走って行きましたがね」

「さんさ時雨というと仙台様のお国許の歌だな」

「近頃、江戸でも流行っているようで、東吾さん、歌えますか」

「俺は駄目だよ」

「なかなか、よい節廻しでした。嵐もたじろぐような美声で……」

「余っ程、いい女とみえるな」

「顔は頰かむりをしていたので殆ど見えません」

「声に惚れたか」

いつものことで、笑い合って築地の方角へ行く源三郎と右と左に別れて、東吾は「かわせみ」へ帰った。

## 二

月が変って、東吾が深川へ出かけたのは、元加賀町にある泰耀寺という寺で、昔、神林家に奉公していた者の三十三回忌の法要が営まれた故であった。

神林兄弟の父の代に用人をつとめていたもので、正直の所、東吾は顔もろくに憶えていない。

しかし、兄の通之進は若くして父を失った後、この用人が神林家のために尽してくれた功績を決して忘れては居らず、年忌の度に自ら足を運んで供養を欠かさなかったのだが、たまたま、その日、急死した同僚の葬儀と重なったこともあり、東吾が代理を仰せつかった。

「お前だとて、さんざん肩車をしてもらって花火見物をしたり、屋根に上って下りられなくなったのを助けてもらったりしているのだ。この際、霊前に香華をたむけ、礼やら詫びやら申して来たがよい」

と、兄から香奠《こうでん》をあずかって、紋付の羽織袴に着替え、未《ひつじ》の刻《こく》(午後二時)からの法要に参会した。

なにしろ、没後三十三年も経っているのと、跡継ぎの男子がなく、娘達も各々、嫁入りして婚家の姓を名乗っているという事情もあって、法要は身内だけの質素なものであった。

坊さんもそのあたりを心得ていたのか、お経もそれほど長くはなく、終ってから延々と説教ということにもならなかったので、東吾が寺を出たのは思ったより早かった。

で、横川沿いの道へ出て南へ向ったのは、先日、畝源三郎から「さんさ時雨」を歌っていた女がいたという洲崎の弁財天をちょいとのぞいて行こうと思いついたからである。

暦の上では初冬だが、江戸は上天気が続いていて暑くも寒くもなく、道行く人の中には羽織なしの姿が多い。

深川の材木置場のへりを行くと細川越中守、小笠原左京大夫、松平相模守、林播磨守と下屋敷が続いて、一番、海側が増山河内守であった。

下屋敷のことで、いずれもたいした建物があるわけでなく、海からの風は敷地の上を越して吹きつけるから、この前の嵐の日、ここを歩いた畝源三郎の困難が思いやられた。

よくも、そんな中で「さんさ時雨」の歌声などに耳をすませたものだと、日頃、風流っ気のない友人には似つかわしくないと内心、東吾は可笑しく思いながら増山家の隣側にある洲崎弁財天の境内を眺めた。

ぽつぽつ夕暮とはいっても、二階建の茶店には客の姿が目立つし、砂地の境内には参詣人もいて、その多くが海辺に立って四方を眺めている。この場所ならば晴れている今日、おそらく富士も見えるに違いないと、その方向へ歩き出そうとして、東吾は社殿の前で合掌している女に気がついた。

ひょっとして、あれが源三郎の見た女かと思っていると、合掌を解き、深くお辞儀をしてから早足に東吾の立っているほうへ歩いて来た。東吾に用があったのではなく、そのまま前を通って土手の道へ出て行く。

なんとなく見送っていて、目についたのは、どこにいたものか、みるからに無頼の徒といった恰好の男が素早く女の後を追って行く姿であった。東吾のほうも、そのまま境内を出る。

洲崎の土手は海沿いにまっすぐ続いているので、東吾の位置からみると、先を行く女と少々の間をおいて歩いている男の様子がはっきりわかる。明らかに、男は女を尾けていた。

考えて、東吾は江の島橋を渡った。橋を左に折れると一本道で、それは小さな堀をへだてて、洲崎の土手とほぼ平行であった。従って堀のむこうの土手を行く女と男が見渡せる。

暫く歩いて、東吾がほうと呟いたのは、女が土手から堀に架る平野橋という小さな土橋へ下りて来て、東吾の行く先を横切り、入船町へ入ったからである。

尾けて来た男は慌てたように入船町への道をとり、東吾はそ知らぬ顔でその後を行った。

女の行った道は入船町の中を抜けて汐見橋から深川門前町へ続くのだが、東吾がまがった時、女の姿は消えていて、後を尾けていた男が手当り次第に路地をのぞいている。

女を見失ったのかと、東吾が汐見橋を渡って三十三間堂の脇へさしかかると、背後から来て、すっと追い抜いて行ったのが女を尾けていた男であった。

男は門前町の人ごみをかき分けるようにしてずんずん進み、東吾も後に続いた。こうなると門前町の混雑が逆に尾けやすくなる。

一の鳥居がみえて来た時、東吾が苦笑したのは横丁から長寿庵の長助が出て来たことで、むこうはすぐに東吾をみつけ、嬉しそうにかけ寄って来る。

長助の挨拶に応えている中に男を見失うことになるかと思ったのだが、なんと、男は一の鳥居の先で、そこに待っていたらしい若い男に卑屈なほど頭を下げ、立ち話をはじめた。

さりげなく、東吾は長助と肩を並べるようにしてその二人の男の前を通りすぎた。

近づいている恵比須講の相談で門前町の商家へ来たのだという長助の話にうなずきながら、その耳にささやいた。

「そこの一の鳥居の横で話している二人の男を知らないか」

長助はすぐにふりむかず、履いている麻裏の草履の鼻緒の具合をみるようなそぶりでしゃがみ込み、立ち上って東吾を追って来た。

「若えほうは松島屋という乾物問屋の悴で長太郎と申します。その前にいる男は仙次といいまして、漁師の悴ですが、小せえ頃から手癖が悪く、町内の鼻つまみでしたが、この節はもっぱら長太郎の腰巾着で……」

「長太郎の評判は……」

「大店の悴にしては出来そこないで、前髪がとれねえ中から酒は飲む、博打《ばくち》はする。また、妹のおくみってのが器量自慢のはねっかえりでして……」

「親はなんともいわないのか」

「なにかしでかすと金で内済にするてえ奴でござんすが……」

若先生はどうして長太郎を、と訊かれて、東吾は洲崎の弁財天からの様子をざっと話した。

「仙次という奴が尾けていた女はけっこう器量よしでね」

「そいつは、もしかすると長太郎が目をつけたのかも知れません。女癖は悪いと噂を聞いて居りますんで……」

女がどこの誰かわからないのでは、長助にしてもどうしようもあるまいと東吾は思ったのだが、

「入船町に住んでいるのなら、調べてみれば案外、わかるかも知れません」

長太郎についても気をつけてみると、人のいい岡っ引は永代橋まで東吾を送って長寿庵へ帰って行った。

翌日、東吾が軍艦操練所の勤務の後、八丁堀の道場へ廻って若い弟子達の稽古をすませ、最後まで残っていた神林麻太郎と畝源太郎を伴って玄関を出て来ると、そこに源三郎が待っていた。

「父上」

と呼んだ源太郎に、

「少々、御用の話があるのだ。其方は麻太郎君と先に帰りなさい」

という。

二人の少年は顔を見合せたが、

「では、先生、お先に参ります」

「有難うございました」

と東吾に挨拶して、肩を並べて組屋敷の中を去った。

「なんだ。いったい」

事件かと東吾は緊張したのだが、

「なに、たいしたことではありません。ただ、あの年頃は女の話となると必要以上に固苦しく考えるところがありますのでね」

源三郎は笑っている。

「長助に聞いたのか」

洲崎弁財天に詣でていた女のことだと気がついて、東吾も肩から力を抜いた。

「東吾さんが見た女は、いくつぐらいでしたか」

組屋敷の中をゆっくり歩きながら源三郎が訊ね、東吾は、

「そうだな。せいぜい二十そこそこか」

と応じた。

「背は高かったですか」

「いいや、むしろ小柄だ。色はやや浅黒くて、総体にまだ子供子供した感じがした」

「すると、さんさ時雨を歌っていた女とは別人ですよ。手前が嵐の日に見たのは上背のある、二十五、六、下手をするともう少し年上の女でした」

「顔はみなかったといったろうが……」

「年齢は、むしろ体つきでわかりますよ」

「成程、子供らの前では話しにくいことだな」

「御用の件だといっても、不快そうな顔をしますのでね」

「女に潔癖なのは親ゆずりだよ」

「長助が若い連中に入船町を廻らせて聞き込みをさせていますが、けっこう広い地域なので……」

「実は俺も後悔していたんだ。ちょいと器量のいい若い女を男が尾けるなんてのは珍しくもねえ。わざわざ長助の耳に入れるまでもなかったんだ」

「ですが、松島屋の長太郎というのは、相当の悪のようです」

「大店《おおだな》の悴がか」

「甘やかされて育って、ぐれたという程度のものではないそうで、今までお上の厄介にならなかったのが嘘のようだと長助もいっています」

「長助のお膝元だろうが……」

「いや、佐賀町にあるのは先代の隠居所に使っていた別宅で、店は芝口新町、汐留橋の近くです」

「先代というと、長太郎の祖父だな」

「もう、だいぶ前に歿《なくな》っていますがね」

「隠居所が出来そこないの孫息子の巣窟になっているわけか」

「隣近所とつき合いのない隠居所の中というのが盲点で、これまで、内《なか》で何があったか表沙汰にはなっていませんが、長助が躍起になって調べていますから、とんでもないことが出て来るかも知れません」

畝源三郎の屋敷の前へ来ていた。

寄って行きませんか、という源三郎の誘いを断って、東吾は日本橋川の岸辺へ出て、まっすぐ「かわせみ」への道を急いだ。

## 三

その日、神林麻太郎と畝源太郎、それに本所の麻生家の花世と、三人が揃って深川へ出かけたのは、江戸一番の大元締と呼ばれている文吾兵衛の悴、小文吾が三十三間堂で通し矢が行われていると知らせに来た故である。

たまたま、三人は麻生家で英語の学習を受け、それが終ったところであったから、早速、小文吾と一緒に深川へかけつけた。

三十三間堂は、富ヶ岡八幡宮の東側にあり、その西の縁側の前の広場でその練習や通し矢が行われていた。

通し矢とは、本来は夕六ツから始めて翌日の夕六ツまで、たて続けに矢を射て、的を通した数を競うもので、これまでの最多記録は天保十年四月に太田信吉という紀州藩士の次男が一万二千十五本を射、その中の通し矢は一万千七百六十本、外《はず》れ矢は二百五十五本であったといわれている。

けれども、昨今では世の中の流れが弓術に向いていないせいか、あまり通し矢をするものがなく、今日の催しは珍しかったが、三人が見物したのは半刻足らず、射手は五人とも、一万本に満たずして終ってしまった。

小文吾は三人を宮川町の鰻屋へ案内しようと表通りへ出ると人が走って来て、なにやら大声で叫んでいる。傍へ行った小文吾が訊ねると、

「洲崎弁天で喧嘩だ」

という。とたんに花世がかけ出し、麻太郎と源太郎がその後を追う。小文吾が制したが、とても制し切れないとわかって小文吾も走った。

木場のふちへ出ると堀をはさんで洲崎の土手がみえる。

土手の上に駕籠が止っていて、数人の若い男が女を駕籠にひきずり込もうと争っているのを、後からかけつけて来たらしいもう一人の女が駕籠屋の息杖《いきづえ》を奪って男達に向って行くところであった。

「悪者です。女の人を助けなければ……」

花世が勇ましく叫び、麻太郎と源太郎、それに小文吾がひとかたまりになって土手へとんで行く。

流石《さすが》に小文吾は喧嘩馴れしていて、駕籠に近づくと女をかばって正面の二人を突きとばし、なぐりつけ、足払いにかける。

その間に麻太郎と源太郎が駕籠の中から女を助け出すと、茫然と成り行きをみていたもう一人の女が息杖を放り出してとびつくように若い女を抱き締めた。

「お冬……」

「姉さん」

すでに、お冬と呼ばれた娘を拉致しようとしていた男達はちりぢりに逃げていた。

東吾がその一件を知ったのは夜になってからであった。「かわせみ」へやって来たのは畝源三郎と長助で実は小文吾から話を聞いた文吾兵衛が長寿庵の長助を訪ねて来、一方、源三郎は悴の源太郎から子細を報告されたという。

「いささか気になる所がありまして、東吾さんも満更、かかわり合いがないとはいえませんので……」

口では冗談らしくいいながら、源三郎は小文吾と麻太郎、源太郎、花世の三人が遭遇した事実を話した。

「どうやら、手前が嵐の日にさんさ時雨を聞いた女、名はお奈津というようですが、東吾さんが男に尾けられているのを目撃したお冬とは姉妹と思われます」

小文吾と三人は姉妹を入船町の家まで送って行き、姉のほうは名をいって、丁寧に礼を述べたが、妹が襲われた理由については全く心当りがないといった。

「ただ、小文吾の話から姉妹の住む家がわかりまして、その家については、長助が最近、目をつけて居りました」

源三郎にうながされて長助が膝を進めた。

「いつぞや、若先生から不審な男に尾けられていた娘の話をうかがいまして、入船町界隈を聞き込んで歩きましたところ、おつぎという一人暮しの老婆の住いに、この秋の終りから若い女が二人、身を寄せているという話を聞きまして、差配に訊ねますと、女は姉妹でおつぎの遠い知り合いに当り、仙台から江戸見物に出て来たてえことでございました」

が、長助はそれでひき下らなかった。

ひと昔前ならともかく、この節の不穏な御時世に女二人がのんきらしく江戸見物というのがどうもそぐわないと感じて、今度はおつぎの身許調べをしてみると、一人息子が奉公に出ていて、

「それが汐留橋の近く、芝口新町の乾物問屋松島屋の番頭をしているとわかりましたんで……」

思わず東吾が合点したのは、お冬を尾けていた男、漁師の倅だという仙次と永代門前町で待ち合せていたのが、松島屋の極道息子の長太郎と知っていたからである。

「松島屋と申しますのは、もともとは仙台が本店で、芝口の店はいわば江戸の出店ってことですが、今はもうあまり行き来もねえそうで、ですが、おつぎの所にいる姉妹が仙台から来たというもんですから、おつぎに仙台の松島屋の者かといいましたところ、まっ青になっちまって、あの二人は仙台へ嫁に行った自分の知り合いから頼まれて宿をしているので、二人の身許はなんにも知らねえとぬかしやがる。こいつはどうにもうさん臭い感じが致します」

仮にお奈津、お冬の姉妹が仙台の松島屋の身内だとして、その一人、お冬を、江戸の松島屋の倅が強引にさらって行こうとしたとすれば、なんの故か。

「ただ女好きのろくでなし息子が、器量のいいお冬に目をつけて、手ごめにするつもりで連れ去ろうとしたのか。それとも、他に理由があってのことか。俺はどうも、なにかがあるように思え

るのだが……」

駕籠まで用意してというのが気に入らねえと東吾が呟き、

「その駕籠でござんすが、奴らがうっちゃって行っちまったのを調べたところ、両国の広小路まで客を乗せて行った千住の駕籠屋が午飯を食いに近くの一膳飯屋へ入っている間に盗まれたってことがわかりました」

と長助が応じた。

「かなり、計画を練った上でという感じがします」

源三郎もいった。

「急に思いついてというなら、深川の駕籠を盗むでしょう」

門前町には、けっこう客を乗せて来たり、或いは客待ちの駕籠がある。

「あんな重いものを両国から運んで来るというのは、駕籠から足がつかないようにと考えたに違いありません」

逆に、かどわかしを企てた人間は地元の深川に居住しているとも推量出来る。

「源さん、仙台藩に伝手《つて》はないか。仙台の松島屋と江戸の松島屋と、双方の間になにかが起っているというのは、俺の勘ぐりすぎかも知れないが……」

東吾の言葉に源三郎がうなずいた。

「心当りがないこともありません。早速、調べてみましょう」

だが、源三郎からの知らせはなかなか来なかった。

## 四

十月二十日、江戸の商家はどこも恵比須講の祭で賑わった。

親類や日頃、つきあいのある顧客を招いて酒や料理をふるまい、店によっては、そこにある盃盤や置物などに千両、万両の値をつけて、せり売りの真似事をして景気づけを行ったりもする。

「かわせみ」は宿屋なので、そうした派手なことは行わないが、神棚に恵比須、大黒の二像を飾り、大鯛を供えなどして、この日ばかりは、客は勿論、奉公人のすべてにささやかながらお頭《かしら》つきの焼物と、八ッ頭の煮物、それにべったら市で仕入れて来た漬物を切って、酒も少々出ることになっているから、仕度をする台所も朝から陽気で晴れがましい気分が漲《みなぎ》っていた。

その中で、千春は家を出たり入ったりして落着かなかった。本来なら、とっくにやって来る筈の麻太郎をはじめ、源太郎や花世、その弟の小太郎の姿がいくら待っても見えなかった故である。

もっとも、源太郎の妹のお千代だけは早々と到着していた。おまけに、

「兄様達はあてになりません。珍しいものがあるとすぐ夢中になって時の経つのを忘れてしまいますから……」

と達観していて、もっぱら台所で女中達が始めたぼた餅作りを手伝っている。

たしかに、お千代のいうような懸念は充分にあった。今日、麻太郎達が出かけているのは金春《こんぱる》屋敷に近い出雲町の高山仙蔵の家であり、そこには仙蔵が時折、横浜へ出かけて手に入れて来る珍しい諸外国の品物や書籍があるし、仙蔵の話も面白くて、お千代がいったように、

「あっという間に時間が過ぎる」

と麻太郎がいうのを聞いていた。

とはいえ、表は陽が西に傾きはじめている。

いくらなんでも遅い、と千春が新川のほうへ歩きかけた時、

「千春、どこへ行く」

軍艦操練所からいつもより遅く退出して来た東吾が目の前に立った。

千春から事情を聞いた東吾は、千春が内心、願った通りを口にした。

「では、お父様が迎え旁《かたがた》、出雲町へ行って来るから、千春は安心して家へ入っていなさい」

娘の嬉しそうな笑顔を背にして東吾はそのまま今、帰って来たばかりの道を高橋《たかばし》まで戻り、そこから本八丁堀町を、町名になった八丁堀の流れを左にみながら白魚橋へ向った。

高山家へ学習に出かける時、麻太郎達がこの道を往復すると、千春から聞いている。

おそらくどこかで行き会うと思っていた通り、白魚橋を水谷町側へ渡った時、前方の曲り角から走って来る花世と小太郎の姿が見えた。

「とうたま、大変」

はあはあと荒い息を吐きながら、花世は小さい時分に東吾を舌足らずに呼んだ通りの名で叫んだ。

「叔父上」

小太郎のほうは男だけに花世ほど息切れはせず、

「采女《うねめ》ヶ原《はら》で、女二人が胡乱《うろん》な男どもに取り巻かれています。麻太郎兄上と源太郎どのが行きました」

それだけで東吾は走り出していた。

文字通り、地を蹴って木挽町を抜ける。

木挽町四丁目の東側にある采女ヶ原はもともと松平采女正定基の屋敷跡で、采女ヶ原の名もそこからついた。享保九年の火災で焼けた後、麹町へ移転し、その後、馬場となり、一部には小屋掛が並んで講釈師や浄瑠璃語りが人気を集めていたが、近頃は世の中が物騒になったせいもあって、すっかりすたれて人が集らなくなっている。

まして、この季節、夕暮時ともあって馬場のほうにも人影はない。

原へ踏み込んで、東吾の目に入ったのは血まみれでころがっている男であった。

乱闘はその先で起っていた。

女二人を守るように、麻太郎と源太郎が刀を抜いている。東吾が少し驚いたのは、女二人も各々に刀をかまえていたことである。

四人を囲む男達は八人、みな脇差や匕首《あいくち》を手にしている。

走り寄りざまに、東吾は一人を突きとばし、一人のきき腕を取って脇差を奪った。その脇差で持主の肩先へすさまじい峰打ちを浴びせ、次に襲いかかって来た相手の脇差をはねとばした。

「叔父上」

「先生」

と二人が叫んだ時には、その目の前に大の男が五人、戦意を失ってひっくり返って居り、残る三人は逃げ腰になっている。

「動くな」

東吾がどなった。

「動いたら最後、首と胴がはなればなれになると思え」

脇差を捨て、自分の腰から大刀を抜きはなった。

「首謀者はどいつだ」

女二人を視界の内に入れて、ずいと一歩ふみ出す。

「この女二人を亡きものにしようと企てた男は、どこにいる」

三人の男の中、二人がひきつった顔を残る一人に向けた。

「貴様、松島屋の長太郎だな」

いつぞや、東吾が門前町でみかけた顔がそこにあった。脇差をかまえ、悪鬼の形相である。

女が長太郎の前へ出た。

「弟の敵《かたき》」

「畜生」

ふり上げた長太郎の手から脇差が叩き落された。斬りかかろうとする女を制して、狂気のようにつかみかかって来る長太郎の脇腹に左の拳が突っ込まれて、長太郎の大きな体がくの字なりに折れまがって突っ伏した。

残る二人は腰が抜けたようになっている。

「お前ら、ぼんやりしていないで、こいつらを縛り上げろ。命だけは助けてやる」

東吾に命じられると、二人は倒れている者の帯をほどき、それで両手をくくり上げはじめた。

「源太郎、近くの番屋へ行って、力の強そうな人間を集めて来い」

女が東吾にすがるような目を向けた。

「お願い申します。どうぞ、弟の敵を……そのために江戸へ出て参りました」

東吾がこの男独得の情のある眼差で女を眺めた。

「気の毒だが、そいつは駄目だ」

「どうしてでございます。弟は……春之助はこの男のために……」

「あんた、知らないのか。この国の決まりでは、弟の敵を姉は討てねえ。親の敵を子が討つことは許されても、親が子の敵を討つのはお上が禁じている。とにかく、落着いて俺に話してみないか。おそらく、あんたの弟の敵は、あんたが手を血で染めなくとも、お上が代りに討ってくれると思うがね」

麻太郎がそっと女に近づき、女は素直に脇差を麻太郎の手に渡した。それから、よろめく足を踏みしめるようにして血まみれになって死んでいる男に近づいた。

「そいつは誰だ」

髪形も衣服も明らかにお店者であった。長太郎がやとったと思われる無頼漢《ならずもの》とは違う。

「あたしと妹をここへ誘い出した男です。長太郎に脅されて……自分がまっ先に殺されるとは夢にも思っていなかったでしょうに」

「松島屋の奉公人か」

「一番若い番頭です。宇三郎といって……父親は仙台の松島屋から江戸店に来て、歿った父がとても目をかけていました。忠義者で……死ぬまで江戸店が仙台の本店をないがしろにしないよう心を砕いていたそうです。その悴なので、あたし達、信用していたのです。よもや、長太郎に寝返るなんて……」

源太郎を先頭に屈強の若者が三、四人、采女ヶ原の西側から走って来た。ほぼ、同じく北側の小屋の横から顔中を汗にした畝源三郎が花世と一緒にとび込んで来る。

麻太郎がその双方に手を上げ、東吾は脅しに抜いただけの大刀をゆっくり鞘におさめた。

五

畝源三郎の取調べによって事件は明らかになった。

芝口新町の松島屋は本来、仙台の松島屋の江戸の出店で、代々、本店から大番頭がつかわされて商売の目付役をつとめ、本店と緊密なつながりを保っていた。

宇三郎の父親、宇兵衛も本店から来て江戸店の大番頭をつとめていたのだが、その宇兵衛が歿った時、江戸店の主人である東右衛門が、

「宇兵衛には大変によく働いてもらいました。その功績を愛でて、悴の宇三郎をいずれ大番頭として取り立ててやりたく思いますので、このたびはそちらから大番頭をおつかわし下さらなくて

結構でございます」

と申し出た。表むきは理にかなっているようだが、かねてから東右衛門が本店をうっとうしく思っているのを宇兵衛から報告されていた本店の主人、藤九郎は、困ったことと思いながらも、あえて反対はしなかった。

「父は当時、五十そこそこ。まだ自分の目の黒い中は江戸店に勝手な真似はさせないという気持があったのだと思います。けれど、その父が二年後に突然、倒れて医者が来る前に息を引き取りました」

「かわせみ」の居間に、お奈津とお冬の姉妹がくつろいで、東吾とるいに身の上話をしたのは一件落着した翌日のことで、采女ヶ原の日以来、姉妹は「かわせみ」に身を寄せていた。

「父が急死しましても、仙台の店には大番頭の吉之助が居りまして、なにもかも取りしきって居りますし、跡継ぎの春之助も十四歳になっていて心配なことは何もございませんでした。私共、三人は上が二人、女で、末っ子が男、母が早く歿りましたので、弟は私が母代りに育てましたのですけれど、身贔屓《みびいき》で申すようでございますが、春之助は気性がまっすぐで人の痛みによく気がつく末頼もしい子で、ですから、父の一周忌が終ってから、江戸店の東右衛門から春之助を一年ほど江戸へ寄越さないか、江戸の商いをみるのも、先々の役に立とうといって来た時、私は気が進みませんでした。なれど、春之助はこの際、江戸店の様子をみておいたほうがよかろうし、生馬の目を抜くという江戸の繁昌を知っておくのは松島屋のためになると申しまして旅立って行ったのでございます」

気丈に話していたお奈津が声をつまらせ、お冬のほうはうつむいて涙を流している。

春之助は、松島屋の当主として恥かしくないように自分を練《きた》えようと江戸店へ修業に行ったつもりなのに、迎えたほうの態度はまるで違っていた。

「これは、私どもが江戸へ出て来た時、宇三郎が打ちあけてくれたのでございますが、東右衛門は江戸店の商いを全く春之助にみせず、江戸見物に連れ出すばかりで、茶屋酒を無理強いしたり、あげくは岡場所にまで案内したそうでございます」

案内役は長太郎で、流石に春之助は彼のいいなりにはならず、席を蹴って帰ったが、その春之助に今度は長太郎の妹のおくみがいい寄った。

「春之助が自分はまだ修業中の身であるからと、きっぱり断ると、長太郎は妹が恥をかかされたと春之助を深川の隠居所へ押しこめて、撲る蹴るの乱暴を働き、なぶりものにしたあげく、弱り切っている春之助に食べるものも与えない。そればかりか四六時中、春之助の耳許で大きな音をたてるやら、体をゆすぶったりして眠らせないなど致したと、これはお上の取調べに長太郎と仲間の者が白状したと聞きました」

「なんとひどい……」

聞いていたるいが身慄いした。

「親や、店の者は気がつかなかったのでしょうか」

るいの言葉に、お奈津が唇を嚙みしめた。

「お上のお調べに、東右衛門は、よもやそこまではと申したそうでございますが、全く知らなかったとは到底、思えません。深川へ行ったきり帰って来ない春之助を、宇三郎が不審に思って店の者に訊いても、みな、口を濁している。たまりかねて隠居所へ行ってみると、春之助は半死半生の有様でしたとか」

なんとしても仙台へ帰りたいという春之助を、宇三郎は知り合いに頼み、江戸から仙台へ行く船に乗せた。

「船から知らせが参りまして、私共、湊へかけつけました。春之助はもう口がきけない有様で……家へ運び、医者が手当を致しましたが、翌日、私の手を握りしめたまま息をひき取りました」

遂にお奈津が両手で顔を被い、るいも泣いた。

「よくわかった。あんたの気持は男の俺にもわかる。もし、俺があんただったら、長太郎の奴をぶった斬っていた」

東吾の言葉に、お奈津が濡れた目を上げた。

「ですから、あの時、弟の敵を討たせて下さいましと申しましたのに……」

絶句した東吾を見て、泣き顔のまま笑った。

「お調べに当って下さいました畝様と申されるお役人がおっしゃいました。こちらの旦那様は剣の道に秀でていらっしゃるのに、人を斬りたがらない。どんな悪人でも人を斬るのは決してよい気持のものではないと御承知なので、あの時、私をお止め下さったのだと」

お上が長太郎を断罪と決め、弟の敵を討って下さった今は、あの折の東吾の制止が有難く思えるとお奈津はいった。

「第一、采女ヶ原へ誘い出された時、もし、お助け頂かなかったら、私もお冬も長太郎に殺されて居りました」

それで東吾は思い出した。

「あんた、剣術を習ったことがあるのか」

女が敵討とはいっても、通常、商家の者なら脇差を持ち出すのは珍しい。

「松島屋は仙台藩の御用を承って居ります。それで当主は真似事でも剣の修業を致します。歿った父は春之助を五歳の時から道場へ通わせまして、私は春之助の送り迎えについて参りましてみよう見真似で……」

自分の家の庭で弟と一緒に木刀をふり廻した程度だと恥かしそうにいった。

「ただ、弟の通っていた道場の先生が、命を賭けても、どうしても相手を仆《たお》したい時は突け。体ごと相手にぶつかって突くのだと門弟衆に教えているのを聞いたことがございましたから……」

東吾が破顔した。

「流石、伊達侯のお膝元だな」

明日、仙台へ発つという姉妹が自分達の部屋へひき取ってから、るいが東吾に訊いた。

「宇三郎さんという殺された番頭ですけれど、長太郎がお奈津さん姉妹を采女ヶ原に誘い出して殺す気なのを、知っていてお二人を案内したのですか」

いくら脅されたからといって、といいかけたるいを東吾は制した。

「源さんから聞いたんだがね。長太郎は母親のおつぎを殺すといって宇三郎に姉妹を裏切らせたそうだ。おつぎがね、同じ殺されるのなら、二人のお嬢さんの味方のままで死んでくれたらと泣いたとさ」

るいが黙りこみ、東吾はすっかり冷えた茶に手をのばした。

長太郎が刑死し、親の東右衛門夫婦と娘のおくみが江戸を追放されて間もなく、畝源三郎が東吾を誘いに来た。

「どうしても、お聞かせしたいものがあるのですよ」

行く先は洲崎の弁財天と聞いて東吾が笑い出した。

「まさか、源さんがさんさ時雨を習ったから聞いてくれというのじゃあるまいね」

「相変らずいい勘ですが、手前ではありません」

どうせ暇なのでしょうといわれて東吾は朋友と肩を並べて永代橋を渡った。

深川門前町を通り、洲崎へ出る。

弁財天の社殿の前の砂浜で、二人を待っていたのは、麻太郎と源太郎、そして花世であった。

「なんだ。お前達、いったい、何をやらかすんだ」

麻太郎が前に進み出た。

「源太郎君の父上が、誰かさんさ時雨を歌える者がいないかと長助に聞かれたそうです。長助が文吾兵衛に聞き、それを花世さんが耳にして家族に訊ねたところ、お祖父《じじ》様が歌えるとおっしゃって……私達も聞きましたが、実に朗々と立派なさんさ時雨でした。で、我々も教えて頂きたいとお願いしました所、快く御教授下さいまして……」

花世がいった。

「では、三人で歌います」

手を打って拍子を取り、大声で歌い出した。

さんさ時雨か
萱野《かやの》の雨か
音もせで来て
濡れかかる
源三郎がそっといった。

「なかなか、たいしたものでしょう」

「親馬鹿が……」

腕を組み、東吾は浜辺から見渡した。

南に羽田沖が、東には房総の山脈がくっきりと続いている。北には淡く筑波山、そして西には霊峰富士の偉容が冬空の下、僅かに雪を頂いている。

海原は遠く青く、江戸湾の果からゆったりと波が寄せ、白い飛沫を散らしていた。

江戸から仙台へ向う船は、この江戸湾を出て北に向う。

陸路を仙台へ帰ったお奈津とお冬はもう青葉城下へ帰りついただろうかと思い、東吾はしんと歌声を聞いている源三郎の隣で、静かに瞼を閉じた。

# 公孫樹《いちょう》の黄《き》ばむ頃《ころ》

## 一

その日、るいが大川端の「かわせみ」を出たのは、まだ夜明け前、頭上には消え残った星がまたたいている。

「本当にお晴一人のお供で大丈夫ですかね。あちらにいらしてお困りなことが起らねばよろしゅうございますが……」

と、行徳通いの船の着く小網町の河岸までついて来た女中頭のお吉が繰り返し、やはり、そこまで送って来た番頭の嘉助もどこか不安顔であったが、るいは取り合わなかった。

「それより、旦那様のお留守中のことなのだから、家のこと、店のこと、よろしく頼みますよ。千春のお琴の稽古は畝様のところのお千代ちゃんが迎えに来て下さることになっていますからね」

るいがむこうで着用する紋付などの入った風呂敷包を背負ったお晴をうながして、この時刻にしてはけっこう多い船客の間を縫って胴の間へ落着くと、船は間もなく河岸を離れた。

暗闇の中で見送っている嘉助とお吉の姿がみるみる遠ざかる。

「御新造様、これをお召し下さいまし」

お晴が、まめまめしくるいの肩にかけたのは、先頃、東吾が横浜で買って来た西洋人の女の肩掛けで、確かに風除けには重宝だが、るいはまだ寒さを感じていなかった。

初冬にしては暖かな朝であったのと、短い旅とはいえ、俄《にわ》かな旅立ちにるいが少々、緊張しているせいかも知れなかった。

江戸から房総半島へ向う道は早くから開けていたが、とりわけ下総の北の地域はさまざまの農産物に恵まれ、その大半が江戸へ運ばれて土地の経済が潤っていた。必然的に物資の動く道が発達する。

その一つが江戸と佐倉を結ぶ佐倉道で、後に成田道と呼ばれたのは、この道に成田山新勝寺があり信仰と行楽をかねた江戸の人々が盛んに出かけて行くようになった故である。

なにしろ、江戸に近く、水路を行く交通の便がよい。

るいが乗った小網町の河岸は下総の市川にある行徳へ向う船の発着場であるところから行徳河岸と呼ばれ、一年を通じて行徳通いの船が往復していた。

これに乗ると大川を突切って小名木川へ入り、中川を渡って新川を経て下総の行徳までおよそ半日の旅であった。

陸路と違って自分の足で歩くこともなく、船にゆられている中《うち》に下総国へ入れるので、老人、女子供でも容易とあって行徳船は大いに繁昌した。

るいが女中のお晴一人の供で充分と判断したのは、目的地が行徳の先、市川の八幡《やはた》であったからである。

そこには、るいにとって父、庄司源右衛門の母の生家がある。つまり、祖母の故郷で、お松というその人が生れたのは、行徳から利根川筋の木下《きおろし》河岸へ通じる木下街道の途中、八幡の八幡宮の氏子で、代々、名主をつとめる豪農の家であった。

もっとも、祖母が市川の八幡で暮したのは十二歳までで、その頃、江戸の小禄の旗本に奉公していた親類からのぞまれて養女となり、十八歳で、るいの祖父、庄司佐兵衛と夫婦になった。けれども、生家とはその後も冠婚葬祭の折などのつき合いが続いていたのだが、祖母の兄、吉右衛門に男子がなく、娘のお咲に聟を取って、家を相続させたところ、これが米相場に手を出してしくじり、結局、莫大な借金だけが残った。

その中に吉右衛門夫婦もお咲夫婦も歿って、るいの父、源右衛門が病死する少し以前から、交流が途絶えていた。

にもかかわらず、るいが今日、市川の八幡へ向っているのは法林院という寺の住職から手紙が届けられた故であった。手紙は今年が祖母の生家、千本《ちもと》家の吉右衛門と家族の年忌に当り、その仏事が行われることを知らせてよこしたものであり、るいは即座に法要の当日、市川まで出かけるつもりになった。

「何十年も音沙汰なしで、急にこんなお文が、しかも、お寺さんから来るってことは、きちんとした施主がいないんじゃありませんかね」

お吉は暗に、今更、市川まで出かけて行かなくともといいたげであったが、るいは、もし、施主になる者がいないのなら、尚更、自分が行かなければと思っていた。

「ああ、お陽さまが……」

お晴が東の空を指し、船客の大方がそちらへ目を向けた。

冬の陽はゆっくり上って来たように見えて、すみやかに空の色を変えて行く。

船は小名木川を猿江町のあたりまで来ていた。川面になんという名の鳥か、勢よく飛び交う姿が見える。

「御新造様は行徳へおいでなさるのは、随分、お久しぶりのことなのですか」

船べりに当る陽ざしに目を細めながらお晴がそっと訊いた。

昨夜、お吉が、

「何十年も昔にいらっしゃっただけなのに、お寺さんの場所などおわかりですか。お寺さんのほうで気をきかせて行徳まで迎えを出して下さればいいのに……」

なぞと心配していたのを耳にしたらしい。

「行徳には、一昨年、成田詣での折に皆さんと御一緒に、やはり、この船で行きました。でもね、祖母の生家へ参ったのは三十年以上も昔のことで……」

母が歿って間もなく、そこへあずけられたことがあったとるいは話した。

「男手一つで、まだ幼い娘を育てるのは大変と、御親切に申し出て下さったのですけれど、結局、父がすぐ迎えに来てしまって……」

父にとっては自分の母親の実家なので、もっとも安心して我が子を托せる所の筈なのに、そして一度は、

「何分よろしくお願い申します」

と亡母の兄に当る人に頭を下げたというのに、一カ月も経たない中に引き取りに来た。

「父は男のくせに寂しがり屋で……でも、私も父と別れて暮すのはつらくてなりませんでしたから、大喜びで父と八丁堀へ帰って来ました」

遠い昔のことですよ、と笑いながら傍においた風呂敷包をほどいたのは、そこに弁当が入っていたからで、朝飯抜きで船に乗って行くるいとお晴のために、巻き鮨と茶が用意されている。

船客はみな同じのようで、各々に包を開き、岸辺の風景を眺めながら腹ごしらえにかかっていた。

るい自身はあまり食欲がなかったが、折角、板前が早起きして作ってくれた親切を無にしてはなるまいと思い、箸を取ってお晴にも勧めた。

船は中川に入って行く。

「お供をしてこのようなことを申すのはすみませんが、船で下総へ参るなどというのは初めてで、なにやら、胸がどきどき致します」

昨夜は嬉しくてなかなか眠れなかった、と巻き鮨を手にして恥かしそうにお晴はいった。

「本当なら、お吉さんがお供をするところでございましたのに……」

「お吉がそういったの」

「はい、御新造様のお供は何をおいても自分が行くところだが、お店のこともあるし、千春嬢様のことも心配なので、お前が代ってお供をするようにと……」

緊張した面持で話すお晴に、るいはつい笑い出した。

「たしかに、それはその通りですけれど、お吉は船に弱いのですよ。子供の時、海釣りについて行って酔ったことがあるのですって。大川を舟でお花見などという程度ならなんということもないのですけれど、下総までは自信がないと……でも、これは内緒ですよ。ここだけの話、誰にもいってはいけません」

お晴は神妙にうなずいたが、どこか信じられない表情でもある。

考えてみるとお晴が生れ育ったのは三浦半島の六浦《むつら》港の釣り舟屋で、物心つく時分から海は我が家の庭のようなものであったに違いない。

「お晴は舟に酔ったことはありませんか」

「はい。でも、釣りにお出でになったお客様で一匹も釣れない中《うち》に御気分が悪くなってお帰りになったことがございました」

「六浦の海は波が高いのですか」

「いいえ、あの辺りは入江ですから……でも、海は海で、嵐の時なぞは大きな船が港へ逃げ込んで参ります」

「うちの旦那様がおっしゃっていらっしゃいましたよ。六浦港のあたりは金沢八景の名所があって、それは風景の美しい土地だと……」

「旦那様のお乗りになるお上の船はよく六浦の沖をお通りになります。大きな立派なお船で、外国から来る異人の船に負けません」

幸せそうに話しているお晴を前にして、るいは水べりへ視線を落した。

お晴のいうところの幕府の軍艦《おかみふね》を大坂沖へ廻すために、東吾が出かけて行ってもう十日あまりが過ぎている。

任務で乗船したら、まず文の来ないのがいつものことで、馴れてはいるものの、やはり留守をする者の気持は落着かない。

考えても仕方がないことは思うまいと自らにいいきかせながら、るいは舷にざぶりざぶりと音を立てる水の流れをみつめていた。

二

行徳で船を下り、港の近くの茶店で遅い午飯をすませてから、るいはお晴と共に木下街道を八幡へ向った。

幼い日、この道を通って祖母の生家へ行き、同じ道を父に伴われて江戸へ帰った筈なのに、記憶は全く消えていた。

おそらく、母の死後、なにがなにやらわからぬ中にここへ連れて来られてぼんやりしていたのか、それとも、父とひきはなされて悲しさにうちひしがれていたものか。そして、迎えに来た父と共に再びこの道を歩いた時は嬉しさに路傍の風景が目に入らなかったのかも知れないと思う。

法林院は木下街道が八幡に入ってすぐの所で、道はその先で船橋街道と交差している。

思ったよりも小さな寺であった。

石柱が二本建っているだけの門の脇に、丈一尺ほどの石碑があって「法林院」の文字が刻まれている。

本堂も方丈も藁葺《わらぶき》屋根で、どちらもそう広くはない。むしろ目立つのは本堂の左手にある墓地で大小さまざまの墓が並び、その手前の井戸の脇には古びた閼伽桶《あかおけ》がいくつも並んでいた。

るいはお晴と共に井戸端で手を洗い、本堂の前へ進んで合掌していると、方丈と本堂をつなぐ廻廊から老年の僧が姿をみせた。

「江戸からお出でなさったお方かな」

と問われて、るいは小腰をかがめ、

「この度はお文を頂きまして、有難う存じました」

と会釈をした。

「それはそれは、遠路、御苦労でござった。まず、こちらに」

老僧に導かれて、るいとお晴は方丈の玄関を入り、草鞋《わらじ》を脱いだ。

お晴をそこへ残し、るいだけが老僧の後から居室へ入る。

そこは農家のような板敷の部屋で囲炉裏が切ってあり、自在鉤には茶釜が懸けてあった。

「そなた様が、庄司源右衛門どのの御娘御でござろうか。手前はこの寺の住持にて明澄と申します」

向い合ってから老僧がいい、るいは改めて手をつかえた。

「申し遅れました。庄司るいと申します。只今は神林家に嫁いで居ります」

「すると、大川端町で旅籠屋をなすって居られるのは……」

「私でございます。父が歿りました後、八丁堀の組屋敷を出ましたので……夫は軍艦操練所に勤めて居りまして、只今、お上の御用で上方へ参り、今日は私一人で出かけましてございます」

明澄が大きくうなずいた。

「おるい様には、たしか幼い頃、千本家へ御滞在になったことがおありでしたな」

ゆったりした動作で茶の仕度をしながら、明澄が訊いた。

「はい、母が歿りましてすぐの頃、父の母、私にとりましては祖母の生家の千本家へあずけられたことがございます」

「実はその御縁を思い出し、この度の法要のお知らせを致しましたが、御遠方のことではあり、千本家が絶えてしまった今、果してお出まし下さるかと危ぶんで居りました」

穏やかな明澄の言葉に、るいははっとした。

「千本家が絶えたとおっしゃいましたか」

「御存じなかったか」

「申しわけございません。父が歿りましてから、つい、心ならずも疎遠になって居りまして……」

「お父上から何もお聞きではない……」

「申しわけございません」

「左様か」

老人の斑《しみ》の出た手で、茶碗をるいの膝前へおいた。

「吉右衛門どののことは憶えてお出でか」

「はい、祖母の兄に当る御方で、私が千本家へあずけられました時、大層、かわいがって下さいました」

「今年は、吉右衛門どのの三十八回忌、また、吉右衛門どののおつれあいのおさんどの、娘のお咲どの、聟の作之助どのも、日こそ異なれ、やはり三十八回忌に当り申す。実は拙僧も齢《よわい》七十を越え、この後、千本家の年忌供養の経を読むのは甚だおぼつかなく、本年が最後となるやも知れず、それ故、御迷惑とは存じながら、そこもと様へお知らせ申した次第にござる」

るいはあっけにとられた。

三十八回忌といえば、自分が千本家にあずけられた翌年に当る。

るいの思い出にある吉右衛門は当時五十代なかば、髪こそ白かったが、がっしりした体つきで、毎日のように田畑を見廻り、小作人に大声で指示を与えていた。

その吉右衛門ばかりか、妻のおさんや娘夫婦まで同じ年に歿ったというのは、いったい、千本家に何が起ったのか。

だが、明澄はそれ以上、なにもいわず、手を叩いて小僧を呼び、るいを本堂へ案内させた。

本堂には、ささやかながら供養の仕度が出来ていた。仏前に四基の位牌が並んでいる。

袈裟をつけ、数珠を手にした明澄が入って来て、るいに会釈をし、仏前にすわった。

参会者は、るいの他にいない。本堂の外にお晴が来て、そっとうずくまった。

香が焼《た》かれ、読経が始まった。

途惑った気持のまま、るいは合掌し、やがて明澄にうながされて焼香をした。

それで法要は終る。

「あの、千本家にはたしか私より三つ四つ年上の、おむらさんというお方がいらしたように思いますが……」

本堂にすわっている間に思い出したことであった。るいが千本家にあずけられた時、その家の娘でるいの遊び相手になってくれた子がいた。たしか、吉右衛門の娘のお咲の妹で色が黒く、痩せていて、よく人にかくれて泣いていたような気がする。

明澄がるいを見ないようにして答えた。

「おむらどのならば、木更津のほうの知り合いの許に身を寄せたと聞いて居るが、その後のことは一向に存じませぬよ」

別に今夜のお泊りはどうなさると訊いた。

このまま、行徳へ出て江戸へ戻るにはもう遅い。

「出来ることなら、千本家の墓に詣でて参りたいと存じますが……」

千本家の墓は、八幡八幡宮の先、かつての千本家の裏山にあるという。

「それなれば、今夜は船橋街道へ出たところの市川屋と申す旅籠へお泊りなされ。墓参は明日の朝ということになさるがよろしかろう」

と勧められて、るいはそれに従った。

この季節、日の暮れるのが早い。

用意して来た香華料を仏前に供え、るいはお晴を連れて住持に別れを告げた。

教えられた市川屋までたどりついた時には暗くなっていた。

そのあたりは家が軒を並べ、小さいながら宿場町の体裁になっている。

「江戸からお出でなすったのは、八幡八幡宮へ御参詣でございましょうかな」

奥の部屋へ案内され、宿帳を持って来た若い主人に訊かれて、るいは返事をためらったが、結局、

「法林院様にて、親類の法要がございましたので……」

と正直に答えた。

待つほどもなく、晩餉の膳が運ばれて来る。

遠慮するお晴とさしむかいで箸を取ると、漸くくつろいだ気分になってるいは苦笑した。

「なんだか、おかしな御法事でしたね」

寺からの知らせを受けてやって来たのは、るいが一人きり、おまけに住持は最後まで奥歯にものがはさまったような口のきき方であった。江戸から持って来た紋付は着替える暇もなく、そん

な雰囲気でもなかった。

「お晴に重い思いをさせるまでもありませんでした」

「いえ、そんなことはございませんが、それよりも、四人ものお方がお歿りになったというのは、なにか悪い流行《はや》り病《やまい》でもあったのでしょうか」

自分の生れ育った六浦でも、その昔、水揚げされた貝が毒を持っていたとかで、次々と人が死に、大さわぎになったことがあるといった。

「貝の毒ですか」

「最初はわからなかったのです。横浜から高名なお医者が来て下さって、それで貝を食べないようにと……」

「そう」

しかし、流行り病のようなものなら、明澄が口ごもる筈がなかった。

三十七年前、このあたりに怖ろしい病気が蔓延してと打ちあけたところで、さし障りがあるとは思えない。

先程、宿帳を持って来た若主人が再び部屋へやって来たのは、女中が膳を片付けて去ってすぐであった。

「まことに不躾《ぶしつけ》なお願いでございますが、手前の祖母がなんとしてもこちら様にお目にかかりたいと申しまして、お客様に御無礼があってはならないと口を酸《す》くしてとめたのでございますが、何分、年寄のことでいい出したらきかぬところがございまして……」

途方に暮れている若主人をみて、るいは年上の余裕で微笑した。

「おばあ様は、おいくつでいらっしゃいますの」

「来年は喜の字の祝となります。手前は両親がどちらも早く歿りまして祖母の手で育てられました。手前が一人前になるまで、この店も祖母が守ってくれまして……それ故、祖母の申すことには逆いにくく……」

赤くなって頭を下げる若主人はまだ三十にはなっていないようにみえる。

「よろしゅうございます。お目にかかりましょう」

るいの返事を聞いて若主人は何度も頭を下げ、すぐに老女を伴って戻って来た。

「祖母のおきよにござります」

若主人と一緒に敷居ぎわに両手を突いて頭を下げた老女は七十六にしては矍鑠《かくしやく》として表情もはっきりしている。

「おるい様、おお、やはり、そうじゃ。おるい様、お久しゅうござります。御立派に、お美しゅうなられて……」

みるみる目に涙を浮べた老女に、るいは当惑した。全く記憶がない。

「失礼でございますが、以前、お目にかかったことがありましたのでしょうか」

老女が孫息子のさし出した手拭を目許に当てた。

「はい。と申しても今から三十七年も昔のこと、この婆《ばば》のことなど憶えて居られなくて当然でござりますよ」

「三十七年前……」

母が歿って千本家へあずけられた時のことに違いないとるいは思った。けれども、それなら正しくは三十八年前、自分は五歳の筈である。もっとも、相手は七十六にもなる年寄であった。一つぐらいの間違いは不思議ではないし、るいもあえて訂正する心算はなかった。

「孫がお江戸から法林院へ御法要でお出でになった御方で、おるい様とおっしゃるお客様だと申しますのを聞き、夢ではないかと思いました。貴方様がお出で下さって、千本家の方々、とりわけ、亡き吉右衛門様はどれほどお喜びであろうかと……。お歿りになった前の年、江戸からまだお小さかった貴方様を連れてお戻りになり、これが妹のお松の孫娘じゃと、それはお嬉しそうに私どもにおひき合せ下さいました。その貴方様が江戸へお帰りになって一年も経たぬ中《うち》に千本家にあのような怖ろしいことが起ろうとは……」

「待って……待って下さい」

たまりかねて、るいは老女を制した。

「お話がわかりかねます。千本家に怖ろしいこととは、いったい……」

老女がるいの手を取った。

「この村の年寄どもは、未だに申して居ります、吉右衛門様のお歿りになったのは只事ではないと……」

「只事ではない……」

「そればかりか、吉右衛門様の法要のあとに、千本家の方々が三人、毒に当って……ちょうどその時、貴方様はお父上様と吉右衛門様の法事に来てお出でなすっていて、お父上様がとても千本家に貴方様をおくわけには行かないと、私共におあずけになって、事件の後始末をなすったのでございますよ」

るいが言葉を失い、心配そうに見守っていた若主人が、まだ語り続けたそうな老女を押し止めた。

三

その夜、るいは一睡も出来なかった。

この宿の老女の言葉通りならば、自分は母が死んだ後とその翌年、吉右衛門が歿った時と、たて続けに二度、この地へ来たことになる。しかも、二度目には千本家に容易ならぬ事件が起ってその解決に奔走した父は幼い自分をこの宿にあずけたという。

「いったい、何が起ったのですか。千本家の三人の方々は、何故、お歿りになったのか」

るいの問いに老女はかぶりを振った。

「それはわからんのです。私共が聞いたのは、なにかで、あやまって毒を口にされたのではないかということで……」

激しく身慄《みぶる》いするのを、孫息子が助けてるいの前から連れ去った。

最初は老女の話が信じられなかったるいであったが、落着いて考えてみると、法林院の住持の態度とも合致する。

明澄はるいが千本家の人々が殆ど同じ時に四人までも歿った理由について、るいが何も知らないと答えたのに対し、ひどく疑わしげであったし、その後の態度は、るいを迎えた時とは明らかに変ってそっけなくなっていた。

が、るいの記憶の中では、祖母の故郷であるこの土地へ来たのは只一度の筈であった。翌年に父ともう一度、来ているといわれても何も思い出せない。

だが、その二度目の時に、千本家には大きな事件があって、四人もの人が死んでいた。

この宿の老女の話によると、るいを伴って父がここへ来たのは、吉右衛門が歿ってその弔いのためであったと思われる。

父にとっては母方の伯父の死であり、短い間とはいえ、娘が世話になったことも含めて、その弔いには何はさて江戸からやって来たに違いない。

が、もし、先程の老女のいった通りならば、その吉右衛門の死因にも、三十七年も経った今でも村人の噂になっているような不審があったと思われる。

江戸からかけつけて来た父は、そのことに気づいたのだろうかとるいは考えた。

江戸町奉行所の定廻り同心として長年、多くの犯罪と取り組んで来た父が、よもや見逃すとは思えない。しかも、その父の目の前で第二の犯罪が行われたとしたら、父が伴って来た娘を千本家にはおかず、直ちに近くの宿屋へ移したのは当然の処置に違いない。

娘をとりあえず安全な場所へ避難させ、八丁堀随一の名同心といわれた父は、千本家で起った事件の解明に全力を尽したとして、その結果はどうであったのか。

るいが不思議でならないのは、生前、父の口からその件について一度も語られていないことであった。

今度、るいがこの土地へ来て初めて知ったのは、その事件がきっかけで千本家は潰れたという事実であった。

代々、名主をつとめた大百姓であり、地元では名家であった千本家が滅亡するほどの事件を何故、父は娘に話そうとしなかったのか。

当時の庄司家は父娘二人であった。特に親しくつき合っていた親類もない。

父が娘に話しておかなければ、父の母の生家の大事件はやがて知る人もなく消えてしまう。物事の黒白を明らかに、正義が守られることに生涯を尽した父らしくなかった。

眠れぬままに、鶏鳴の時刻を迎えた時、るいの心に浮んだのは、三十七年前、千本家に何が起ったのか、確かめずにはおかないという強い決意であった。

翌朝、膳が運ばれる前に、るいはお晴にも何も告げず、宿の外へ出た。

「市川屋」の周囲をぐるりと廻ってみる。

なにか記憶に残っているものはないかと思ったのだが、何もない。

表の通りへ出て、ふと目についたのは、船橋街道の右手のほうに、こんもりとした小さな森のあることであった。

街道には藁葺屋根の家が建ち並んでいるのに、向い側の森のほうには一軒もない。

森は薄く靄に包まれていた。そのせいか、少々、不気味な気配でもある。

そちらへ歩き出して、るいは森とは逆の左手に大きな鳥居があるのに気がついた。

鳥居の先は参道で、見事な松並木が続いている。本殿は参道のかなり奥のほうにみえた。

鳥居の前で合掌し、るいはやはり右側の森へ向った。

街道は早朝なので人通りは殆どない。

家々はまだ表戸を開けては居らず、白い犬が歩いて来るるいに目を向けていたが、吠えはしなかった。

近づいてみると森はそう広くはなかった。

街道に面している部分は、せいぜい二十歩も行くと畑地になる。

けれども、森そのものは大きな樹木が空をおおい、下草が長く伸びていてその中に踏み込めるような小道もなく、むしろ、人が入って来るのを拒絶しているような雰囲気であった。森の中は木々が密生していて、奥は見通せない。

そこに立っていて、るいは不意に何かが脳裡をかすめたような気がした。

自分は、たしか、ここに立ったことがある。

その時、森はひどく白っぽく見えた。早朝であったのか、或いは夕暮時なのか、とにかく雨上りで、るいの足許の草はぐっしょり濡れていた。そして、その草のむこうのほうに小さな紫色の花のようなものがみえて、自分は草むらへ足をふみ出そうとした。白い靄のむこうに人影をみたような気がした時、誰かが自分を押えた。

「御新造様」

背後に声が聞えて、るいは我に返った。

お晴が息を切らして近づいて来る。

「申しわけございません、お出かけになったのに気づきませんで……」

青ざめて頭を下げるのをみて、るいは慌てて手を振った。

「黙って出て来てすまないことをしました。あまり閑静なので、つい、ぶらぶら歩いてしまって……」

気持は森に残っていたが、お晴と宿への道を戻った。

「どういうのでしょうね。六つにもなっていたというのに、昔のことを何も憶えていないのは、余っ程、ぼんやりしていたのか……」

つとめて明るくるいがいい、お晴は首をふった。

「わたしもなんにも憶えていないですよ。親の話だと舟から落ちて溺れそこなったそうですけど、子供の時は岩場で遊んでいて海へ落ちたなんて珍しくもなくて、どれがどれだかわからないです。お寺の和尚さんの話だと、人間は憶えていたくないことは、どんどん忘れてしまうもので、だから生きて行けるんだと聞いたことがあります」

「そうね。そうかも知れない」

「怪我をして痛い思いをしたことなんぞ、いつまでも憶えていたくないですもの」

「本当に……」

鳥居の前へ来ていた。

「立派なお社ですね。宿の人が教えてくれました。八幡の八幡宮様というそうです。さっき、御新造様が眺めていらっしゃった所は、八幡の不知森《しらずのもり》、やぶしらずともいうそうで、その昔、水戸の黄門様が入って出られなくなったので、今でも人は入ってはいけないんだとか……」

ふっと、るいが足を止めた。

「このお社の本殿の前に大きな公孫樹《いちょう》があるのですよ。大きな太い木で下のほうが何本にも分れていて、それが一本になっているの。御神木で注連縄《しめなわ》がめぐらしてあって……」

夢中で話し出したるいが松並木の参道を入って行き、お晴が続いた。

松並木が尽きた所に広場があって左手に水屋、右手に天神様の小さなお社が、正面には立派な拝殿と、その脇に天を圧するような大公孫樹が真黄色な葉を地上にばらまいている。

るいが小さな叫びを上げた。

ここへ来るのは初めてではなかった。

公孫樹の葉を拾い、小さな束にして、それを一緒に拾っていた子とくらべ合い、葉の色の美しさや数の多さを競い合った。

るいの母が歿ったのは十二月のことであった。千本家へあずけられたのは暮も押しつまった頃、そして父が迎えに来たのは忘れもしない大晦日のこと。千本家の人々があっけにとられて、帰って行く父娘を、すでに出来上っていた門松の所に立って見送ったものである。

あの季節、公孫樹はすでに葉を落し切っていた。るいが拾っても拾っても、拾い切れないほどの黄色の葉が地上を埋め尽している筈はない。

公孫樹の季節はとっくに終っていた。

幼いるいがここへ来たのは、母に死なれた翌年であった。

自分は祖母の故郷へ二度、来ていた。しかも、千本家に重大な事件が起ったのは二度目の時であった。

お晴とともに「市川屋」へ戻り、朝餉をしたためてから、るいは宿を発った。

「祖母がつまらぬことを申し上げ、さぞお腹立ちでもございましょうが、何分にも年寄の申すこと、どうぞお許し下さいまし」

若主人が丁寧に詫び、るいはそれを制した。

「そのようなお気遣いは御無用に願います。それよりも、昨夜、お聞きしたことの他に、貴方が御存じのことは何かございませんか」

若主人がすまなさそうに頭を下げた。

「何分にも、手前が生れましたのは、二十八年前のことで、親達もあまり千本家の話は致しませんでした。せいぜい、御立派な名主様のお家が絶えてしまったのは、吉右衛門旦那のおつれ合いのおさん様にお子が出来なかった故で、もし、男の子でもあればあのようなことにはならなかったものをと村の人々が残念に思ったというようなことぐらいで……」

「でも……あの、娘さんはお出でなすったのではございませんか。たしか、お二人……」

「それは前のお内儀《ないぎ》様のお子でございます。おさん様は後添えでいらっしゃいます」

先妻の二人の娘の中《うち》、上のお咲が、おさんの甥に当る作之助という男と夫婦になったが、夫婦

とも、三十七年前に不慮の死を遂げ、

「下のおむらさんとおっしゃるお方は木更津のほうへ行かれたとか」

それは法林院の住持から聞いていたが、若主人の説明で、わからなかった部分が明らかになった感じである。

「実はこれから千本家の墓に詣でて江戸へ帰ろうと存じます。千本家の裏山と法林院の御住持様から教えられましたのですが、それは、どのあたりで……」

若主人は親切に八幡宮の近くまで一緒に来てくれた。

「御本殿の裏の道をまっすぐにお行きなさると小川に橋が架かって居ります。それを渡って左の方角に当ります。山と申すほどのものではなく、少々、小高い所で、但し、千本家のお屋敷はとりこわされて跡形もなくなって、目じるしと申せば、大きな欅の木が三本並んで居りますぐらいで……」

気の毒そうに教えてくれた若主人に礼をいって、るいは歩きだした。

八幡宮の本殿の脇を抜けると小さな門があって、その中は八幡宮に仕える別当職の住居になっている。柴垣が門の前の細道に続いていて、その道の先に小川があった。

土橋を渡るとあたりは田で、すでに稲刈の終った田の面には水がなく、子供が落穂拾いをしている。

「御新造様、あれに大きな欅が……」

お晴の指す方向に、見事な欅が三本、冬空に聳えている。

近づいてみると、その一帯は田畑から少々小高くなっていて、雑木林が続いていた。

見憶えがあると、るいは思った。

欅の大樹のむこう側に竹垣を廻《めぐ》らした屋敷があった。大きな藁屋根の堂々とした造りで母屋を囲むようにして蔵が建ち並び、裏庭ではかなりの数の小作人がいそがしげに働いていた。

庭に山茶花《さざんか》が咲いていた。

小さなるいはその傍で、やはり小さな女の子と人形遊びをしていた。小さな女の子は時折、母親らしい女から大声で呼び立てられ、走って行っては、用事をいいつけられていた。

「待っていてね、すぐ戻ってくるから……」

その子はすまなさそうに、るいにいい、大急ぎでどこやらへ行き、やがて帰って来ると、また楽しそうにるいと遊んだ。

今、千本家は見事なほどに何もかも消えていた。屋敷も蔵も、竹垣も、小作人も。残っているのは三本の欅の老樹だけ。

山茶花の木の下で、るいと人形遊びをした、るいより少々、年上の女の子も……。

「おむらさん……」

低く、るいの唇からその名がこぼれ落ちた時、雑木林の中から人影が動いた。

るいがふりむき、お晴がるいを守るようにその前に立った。

人影は女であった。木綿物の着物に腹合せの帯、裾をはしょって旅仕度であった。

女がるいをみつめ、るいの口から、もう一度同じ言葉が出た。

「あなた、もしや、おむらさん……」

「おるいさまですか」

殆ど泣きそうな声であった。

「るいです。あなたはおむらさん……」

「おるいさま」

女が走り、るいも走った。

草が茂り、荒れ放題な冬枯れの道で二人の女はためらいもなく、しっかと手を握り合った。

「おるいさま。ああ、本当におるいさま、夢ではなかったのですね」

「夢ではありません。ここであなたにお目にかかれるとは、夢のようですけれど」

「お墓まいりに来て下さいましたのですか」

「はい、法林院の坊さまからお知らせを頂きまして、昨夜、市川屋と申す宿へ泊って、そちらの御隠居様から三十七年前のことを教えて頂きました。おむらさんが木更津へ行かれたことも……」

長いこと、自分の頭の中には霧がかかっていたようだと、るいは訴えた。

「ここへ来て、少しずつ、霧が晴れて行くような気がします。たった今、私、おむらさんのことを思い出していました」

おむらが手を上げて草むらの先を指した。

「あのあたりに山茶花の木がありました。毎年、沢山の花が咲いて……おぼえておいでですか、あの木の所でおるいさまと人形遊びをしたことを……」

「それを思い出していました」

おむらが腰に結んでいた風呂敷包をほどいた。その中から手拭にくるんだ人形が一つ。

「おるいさまが、私に下さったのです。行徳でお別れする時に……」

「私達、行徳でお別れしたのですか」

「おるい様のお父上様が私を木更津まで送って行って下さることになって、おるいさまはお父上様が江戸からお呼び寄せになった御家来の方と行徳から江戸へお帰りになったのです。たしか、嘉助さんとおっしゃるお人であったように思います」

陽だまりに二人は並んで腰を下した。お晴は遠慮して、少し離れてひかえている。

「おるいさまのお父上様は、最初、一人ぼっちになった私に、一緒に江戸へ来ないかとおっしゃって下さいました。でも、私が、歿る前、姉が自分になにかあったら、木更津にいる乳母の所をたよって行くように、必ず、この土地にいてはならないと強く申していたことをお話ししますと、それでは自分が木更津まで送り、乳母と話をしようとおっしゃいまして……そればかりか、乳母に大枚のお金をお渡し下さって、くれぐれも私のことを頼むと……」

木更津での日々は幸せそのものだとおむらは話した。

「乳母夫婦はとてもよくしてくれましたし、私、乳母の息子と夫婦になりまして、今は三人の子に恵まれて居ります。今年は父の三十八回忌に当りますので、せめて墓まいりだけでもしたいと申しましたら、幸い、木更津の知り合いが行徳へ行く用事があるときききまして、一緒に行徳通いの船に乗せてもらうことが出来ました」

夢中になって話していたおむらが、ふと気がついたように口をつぐんだ。

「私、自分のことばかり申しまして……おるいさまのお父上様はお達者でいらっしゃいましょうね」

るいは相手を困らせないよう、穏やかな口調で答えた。

「それが、歿りましたの。もう二十年になります」

相手は顔色を変えた。

「お歿りになったのですか」

「ええ。でも、私も良縁に恵まれまして、娘が一人、おかげさまで幸せに暮して居ります」

おむらが深い吐息を洩らした。

「わたし、なんとしてもおるいさまのお父上様にお目にかかってお訊ねしなければと思っていたことがございました」

うつむいて、両手を握りしめるようにした。

「木更津へ行ってから、わたしは千本家の出来事を忘れようとしました。おるいさまのお父上様も忘れろとおっしゃいました。一日も早く、すべてを忘れて幸せになるようにと。でも、忘れ切ることは出来ませんでした。思い出せば、つらくて、悲しくて、怖ろしいことばかりなのに……」

思い切ったように、るいを見上げた。

「おるいさまは、あの時のことを、お父上様から聞いていらっしゃいますか」

「あの時のことと、おっしゃいますと……」

「父の、吉右衛門の法要の終った夜、供養のお饅頭を義母《はは》と、姉と、姉の夫の三人が食べました。すぐに苦しみ出して血を吐いて、三人共が歿りました。わたしが姉にいわれて台所でお茶をいれて戻って来た時、三人は咽喉をかきむしるようにして……」

声が途切れて、おむらは唇を慄わせた。

「あとのことはあまり憶えていないのです。行徳から木更津へ行った時のことぐらいで……ただ、木更津へ行って暫くしてから、さまざまのことを思い出すようになりました。もしかすると、それらのことは、事件のあと、おるいさまのお父上様に、ばらばらにですけれど、お話ししたかも知れないのです。でも、何をどうお話ししたか、まるでわかりません。ただ、今のわたしはそれをたどって行くと怖ろしいなにかがみえるような気がして、それを、おるいさまのお父上にお訊ねしたかったのです」

おどおどと自分をすがるようにみつめているおむらを眺めて、るいは力強くうなずいた。

「父は、もうこの世には居りません。でも、よろしかったら、私が承りましょうか」

「聞いて下さいますか。私、もう一人ではこの重荷をどうやって支えてよいのか、考えると気が狂いそうなのです」

一番最初の出来事は、父、吉右衛門の歿る前だとおむらは一言一言嚙みしめるように話し出した。

「朝早くでした。あたしは井戸へ水を汲みに行ったように思います。まだ暗い時刻で、井戸の近くに薦包《こも》がありました。すみから紫色の花がみえていて、なんだろうとのぞいてみようかと思っている時、人が来る足音がして、私は慌てて水を汲みました。

ただ、気になって水を運んで行きながら戸口でふりむいてみると、

「男の人が薦包を持って立ち去るのがみえました」

姉の夫の作之助のようにみえたとおむらはいった。

「義兄《あに》は酒飲みで、始終、悪い友達と行徳だの船橋だのへ遊びに出かけていて、家にいる時でも朝は午近くまで寝ているような人でした。ですから、ちょっと変な気がしました」

とはいえ、それはそれだけのことで、おむらは誰にもその話はしなかった。

「その時分、あたしと姉はとてもみじめな暮しをしていました。母が歿って、新しい母が来てから、二人共、奉公人と同じように扱われて……新しい母は父の前では猫をかぶっていましたけれど、父はあまり家にはいませんでしたし、名主の仕事で遠方へ出かけることが少くありませんでしたから……」

僅かの間に、姉妹の亡母の頃からの奉公人は次々と暇を出され、新しい奉公人に替った。

「あたしはまだ小さくて、よくわかりませんでしたけれど、新しい母の甥が家へ入って、姉と夫婦になってから、姉がかくれて泣いているのを何度、目にしたかわかりません」

もう一つ、憶えているとおむらはいった。

「父が歿る少し前に、外から帰って来た父が作之助義兄《にい》さんを呼んで大声で叱りつけたことがありました。普段、温厚な父がもの凄い剣幕で……その後、姉とあたしが台所で水仕事をしている

と、父が入って来て、おさんを家に入れたのは間違いであった、と呟いたのです」

吉右衛門が急死したのは、それから三日後のことで、晩飾の前に酒を飲んでいて急に血を吐き、絶命した。

「作之助義兄さんが行徳から連れて来たお医者は、酒でお腹の中がただれていたせいだと申しました」

吉右衛門の死で、江戸から庄司源右衛門が弔問に来た。

「あたしは一年ぶりにおるいさまに会えて、嬉しくて、よく一緒に八幡様へ出かけたり、その先の街道沿いの店なぞをみて歩きました」

いつの間にか日が暮れて霧が出て、

「気がついたら、おるいさまがやはたのやぶしらずの前にいて、あたしは驚いてとんで行きました。あそこは入ってはいけない場所なので……おるいさまを連れて帰りかける時、人が不知森から出て来るのがみえました。手に包を持っていて、でも、霧が濃くなっていて見えなくなって……帰り道におるいさまがおっしゃったのです。あそこの奥のほうに紫のお花が咲いていたと……」

思わず、るいが応じた。

「ええ、たしかに……たしかにそんなことがありました。あの時、迎えに来てくれたのはおむらさんでしたのね」

「本当に、紫の花をごらんになったのですか」

「見たように思います。人がいたのも……」

「どんな人でしたか。男ですか、それとも」

「さあ、それは……」

あの時の不知森は白い闇に包まれていた。

おむらが、また黙り込んだ。だが、何もいわず、いたわるように自分をみつめているるいの視線に気がつくと、再び口を開いた。

「あたし、あの夜、みてしまったのです。姉が井戸端でなにやら草の根のようなものをすり潰しているのを、です」

千本家で法要の終った夜、おさん、作之助そしてお咲の三人が血を吐いて死んだのはその翌日のことであった。

「おるいさま」

ぽつんとおむらがいった。

「とりかぶとのこと、御存じですか」

「知っていますよ」

本来は舞楽の際、楽人や舞い手が頭につける飾り帽子のことだが、同じ名の植物があった。秋、鳥の冠に似た形の青紫の花が咲く。その根には毒があって、古くから付子《ぶす》と呼ばれていた。

「江戸では、あまり見かけませんが……」

「あたしは、木更津へ行ってから、人に教えられました。その花を見たこともございます」

るいは青ざめているおむらの肩をそっと抱いた。

「私から申しましょうか。あなたは吉右衛門様を殺害したのは作之助さん、そして、あなたのお姉様はお父様の仇を討ち、御自分も死をえらばれたと……」

「では、義母を道連れにしたのは……」

「後に残るあなたのことを考えられたのでしょう。もし、おさんという人が生き残ったら、あなたにどんな仕打ちをしたことか」

それでなくとも、姉妹を邪魔者扱いし、継子いじめをした女であった。

「では、どうして、おるいさまのお父上様は、そのことを明らかになさらなかったのでしょう。あたしのようなもののわからぬ女でも、考えて考え抜いて真実はこうではなかったかと推量したことが、江戸の町奉行所で名うてのお役人といわれるお方にわからぬ筈はございません。ひょっとして、私の申し上げ方が悪かったのか、それとも……」

るいの表情が透明になった。

「それは、あの世の父に訊ねてみなければ、わかりません」

「よろしいのでしょうか、このことを黙っていて……一生、あたしの胸の中にしまい込んでいて……」

「おむらさん」

るいの声は低かったが、その底に信念のある力強さがひそんでいた。

「紫の色の花は、この世に数多くございます。紫の花を持っていたからといって、とりかぶとの花とは限りません。お姉さまが草の根を潰していたといって、それがとりかぶとの根とは断言出来ますまい。あなたが今、私におっしゃったことを代官所へいってお役人に話したところで三十七年前の真実が明らかになるとは、私は思いません。お三人が召し上がったお饅頭にしたところで、それを作る時、どこの家にもあるねずみ取りの薬があやまって餡の中にまぎれ込んだということもないとはいえないでしょう」

「おるいさま」

「歿られたお姉さまのお心を考えられたことがございますか」

血を分けた父親を殺したかも知れない男の妻になっている自分であった。自分の夫の伯母は自分にとって義母でもある女であった。

父の仇を討つことは、夫殺し、義母殺しとなる。

「あなたのお姉様が仮に何をなされたとしても、お姉様はすでに御自分のお命で罪の償いをなすっていらっしゃるのです。それを世に知らしめて、いったい、だれが救われることになりましょう」

お咲が最後に願ったのは、残される唯一の妹の幸せであった。

その妹にとって、姉が理由はともかく夫殺し、義母殺しと世間に知れるのは、どれほどつらいことか。

「おむらさん、あなたのお胸の中はよくわかります。でも、あなたに出来ることは過去に捕われ、悩み苦しむことではありません。お姉様の真心を大事に受けとめて、それを守り抜くことだと私は思います。お咲さんもあの世でそれを願ってお出でに違いありませんもの」

るいにしがみつくようにしておむらは泣いた。

そのおむらを気がすむまで泣かせてやって、るいは頭上の大空を眺めた。

よく晴れた冬空に白い雲がふんわりと浮んでみえる。

父がどこかに来ている、とるいは感じていた。

これでよろしかったのでしょうか、と胸の中で父に問いかけながら、るいはそっとおむらの背を撫でた。

穏やかな、あまりに穏やかな冬の朝、日ざしは漸く野のすみずみにまでさしはじめている。

初出「オール讀物」平成十七年二月号〜平成十七年十一月号
（八月号を除く）